U0065417

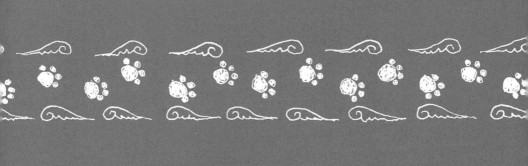

樂讀456——進階100

黑貓魯道夫④

魯道夫與白雪公主

文 齊藤 洋　圖 杉浦範茂　譯 游韻馨

目錄

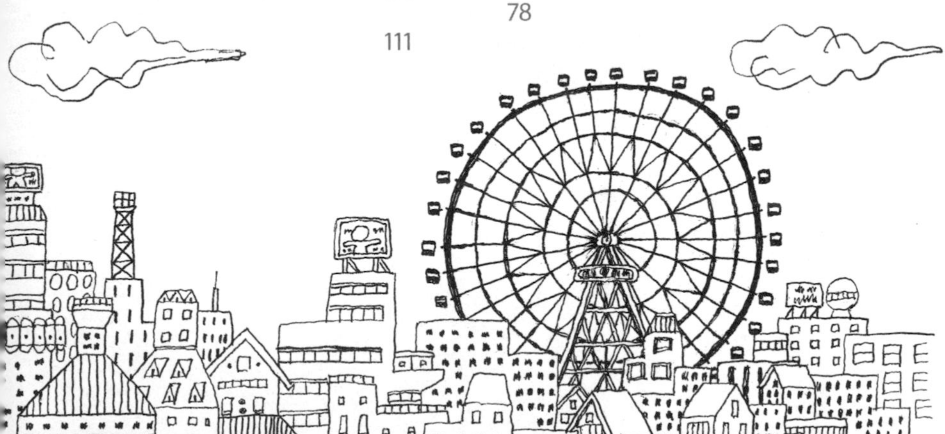

序

我叫「魯道夫」，是一隻黑貓，還會寫字。出生在岐阜縣，目前住在東京都東邊市郊的江戶川區。

當我還是小貓時，我的主人是一名叫做理惠的女孩，我們一起住在岐阜縣的小鎮裡。

有一天，我到魚店偷了一隻柳葉魚，結果被魚店老闆那個老傢伙發現，一直追著我跑。我情急之下跳上一輛大貨車，老傢伙看我快要

成功脫逃，就拿拖把往我身上丟，正好打中我的頭，我就這麼暈過去。等我清醒之後，才發現自己來到東京。還記得那是前年春天的事，換句話說，我來到這裡已經兩年半了。

大家常以「光陰似箭」來形容時間迅速消逝如飛箭，我也真的如此認為……因為這種說法真的好酷喔！不過，我從來沒看過箭射出去的樣子，所以不知道飛箭的速度有多快。

喔，對了！剛剛我用老傢伙來形容魚店老闆，這是非常不好的示範，我應該稱呼他為魚店老闆才對。「魚店的老傢伙」並不是一隻有教養的貓應該使用的詞彙，但是我真的很討厭

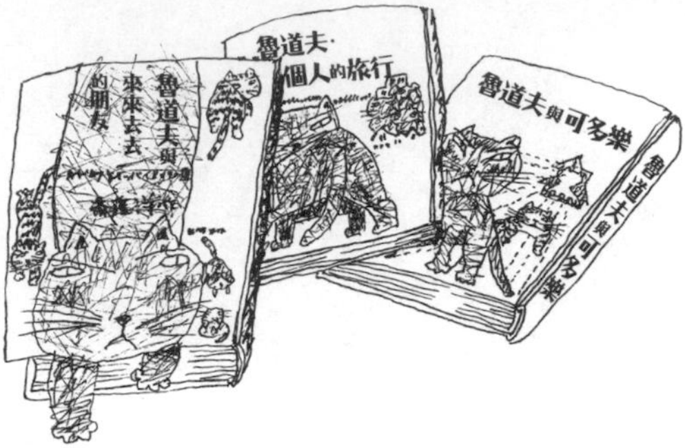

那家魚店的老闆，老是忍不住這麼叫他，看來我得多警惕自己一下了……

不管是貓還是人，都一定要有教養才行。

話說回來，這是我寫的第四本書。第一本是《魯道夫與可多樂》、第二本是《魯道夫．一個人的旅行》、第三本是《魯道夫與來來去去的朋友》。

第一本書名上的「可多樂」，是我剛到東京時照顧我的貓，他到現在還是我最好的朋友。不過，他原本的名字不是可多樂，他本來叫做「阿虎」。

第一次見到他的時候，我問他：「我叫魯

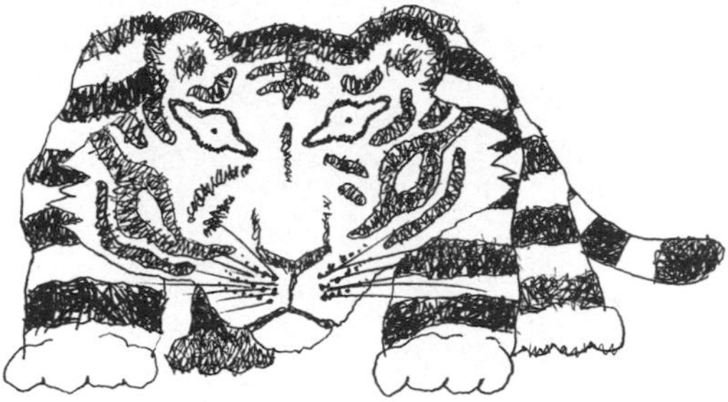

道夫，那你叫什麼名字？」

他回答：「我嗎？我的名字可多了。」

當時我還以為他的名字就叫「可多樂」，其實他的意思是他有很多名字，不過，從那天之後，我就一直叫他「可多樂」。

可多樂是一隻虎斑貓，毛色是偏灰的棕色，帶有黑色條紋。他的體型很壯碩，像老虎一樣強。不僅如此，他還會認字，知道許多事情。雖然有時候說話很粗魯，但他是一隻很有教養的貓。

可多樂原本住在日野先生家，後來日野先生搬去美國，他就變成流浪貓。沒想到後來日

野先生又搬了回來，於是他又變成日野先生的寵物貓。

米克斯是一隻黑白雙色貓，就像他的名字一樣帶有「混合風格」。他本來是商店街五金行老闆養的貓，但現在也變成了流浪貓。正因為他的年紀比我大，所以老是把我當小孩看。

我還要向大家介紹一隻叫做「大魔頭」的鬥牛犬，他的主人小川先生是日野先生的鄰居。剛開始我們可以算是敵人，但現在我們是好朋友。

再寫下去，會寫出越來越多「原來怎樣又怎樣，現在變得如何又如何」的事情，所以我

建議各位去看我之前寫的三本書，就能清楚知道所有事情的來龍去脈。

對了，出現在這本書裡的朋友，不只有可多樂、米克斯與大魔頭，還有龍虎三兄弟、小雪。當然還有人類，像是在日野先生家幫傭的老婆婆、還有幫傭婆婆養的狗……哎呀！現在寫出來後面就寫不下去了，我決定就此停筆。

還有一點，我相信有些讀者已經看過我寫的前三本書，也有人是從這本開始看。為了顧及所有讀者，我在寫這本書的時候，會盡量寫得簡單易讀。如果你覺得這本書很有趣，不妨也看看之前的三本書吧。

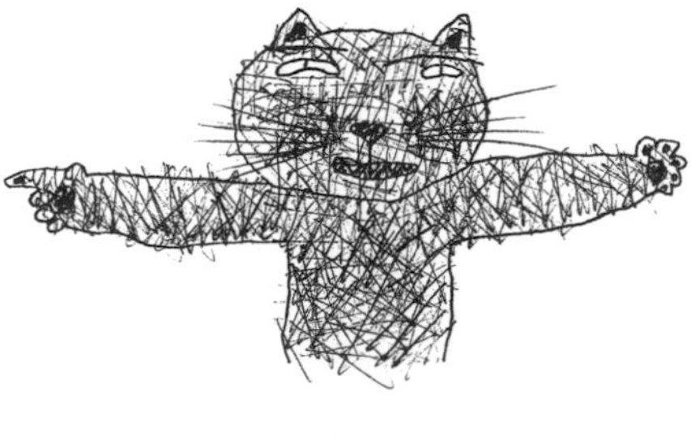

1

鳥居到香油錢箱的距離和口袋版諺語辭典

早上的太陽照在銀杏的黃色落葉上，反射出閃亮亮的光芒，令人幾乎睜不開眼睛。

這陣子天氣一直很晴朗，晚上我通常會睡在神社的地板下方，但昨天有一股冷風從縫隙灌進來，咻咻作響，吹得我好冷。

可多樂又變成日野先生養的寵物貓，所以晚上大多在家睡。我可以自由進出日野先生家，只要我想，我就可以隨時去日野先生家睡覺。

我在想，從今天晚上開始，我也去住日野先生家好了……

我坐在我最愛的位置，也就是香油錢箱前的階梯上，邊想邊看著眼前的鳥居(注1)，忽然看見一隻貓從鳥居下方走過來。

先跟各位說一聲，我住的神社並不有名，但是空地很大，從鳥居到香油錢箱的距離超過五十公尺。為什麼我會知道超過五十公尺呢？因為不久前有一群小學生來這裡用捲尺量了一下鳥居到階梯的距離，其中一名小學生說：「看吧！我就說這裡超過五十公尺，這個捲尺有五十公尺，還差一點才夠量。」

我不知道為什麼小學生要拿捲尺來量鳥居到階梯的距離，可能是學校老師出作業要他們「找出身邊的兩樣物品，測量兩者之間的距離」吧？

姑且不管這一點，剛剛穿過鳥居走過來的是米克斯。

今年夏天，獸醫家的寵物貓小雪生了三隻小貓，小貓的父親就是米克斯。小貓們漸漸長大，現在差不多跟我剛到東京時一樣大了。三隻小貓中，兩隻是公貓，一隻是母貓。

米克斯咚咚咚的爬上階梯，在我身邊坐下來。他伸出舌頭舔右前腳，再用右前腳摩擦耳朵根部。

每次人類看到我們這麼做，就會說「貓咪在洗臉」。事實上，人類說得沒錯，我們真的是用這個方法清潔臉部。

洗完臉後，米克斯打了一個大大的呵欠，看著鳥居說：「小魯，最近有什麼好玩的事嗎？」

「有啊。」我回答。

米克斯轉頭看著我問：「真的嗎？什麼事？什麼好玩的事？」

看樣子，米克斯這陣子無聊到沒什麼事好做。

在說好玩的事之前，我決定先問米克斯一件事。

「先別管我的事了，米克斯。你現在還有空在這裡閒晃嗎？你應該還有許多事要教櫻桃他們吧？」

櫻桃是小雪生的三隻小貓之一，也是唯一的母貓。

「我有什麼事要教他們？」米克斯一說完，又轉頭看著鳥居。

「還問我有什麼事？你要教他們如何抓麻雀、怎麼爬樹啊！你是他們的爸爸，當然要由你教他們啊！」

聽完我的話，米克斯依舊看著鳥居，開口說：

「這些事小雪會教啦！再說，我從來沒看過哪個貓爸爸親自教養自己的小孩，你看過嗎？」

「我也沒有。可是，我從可多樂身上學到好多事情，即使是現在，他也還在教我。」

「可是，虎哥又不是你爸爸。」

「話是這麼說沒錯……」

「貓爸爸就是這麼一回事。再說，現在小雪也不餵奶了，她幾乎不管他們。反倒是阿里那個傢伙，三天兩頭跑去找那三隻小蘿蔔頭玩。」

阿里原本是河對岸的市川市農家養的寵物貓之一，原本總共有三隻，人稱「龍虎三兄弟」。阿里是其中年紀最小的弟弟。

龍虎三兄弟都是虎斑貓。三兄弟中的二哥恰克與三弟阿里曾過河來找我麻煩，結果被可多樂狠狠修理一頓，最後落荒而逃。

後來發生了許多事情，現在只有阿里待在日野先生家。

阿里是一隻用功向上的貓，他跟著我和可多樂學習。現在不僅會寫注音和數字，還看得懂幾個國字。

「嗯，好像有這麼一回事。前天阿里跟我說他正在教孩子們學注音。」

聽到我這麼說，米克斯嘆了一口氣，對我說：

「我不是因為自己不識字才這麼說。教那些小蘿蔔頭寫字，一點用也沒有。前一陣子我看到阿里在教小蘿蔔頭寫字，他在獸醫家的庭院裡，用爪子在地面上寫

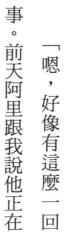

字，然後跟他們說：『這是貓咪的貓』。結果好運和餅乾兩個在打架，櫻桃雖然乖乖坐在旁邊，但眼睛根本沒在看他。照那個情況看來，三個小蘿蔔頭連一個字也沒學會。」

好運和餅乾都是公貓。好運和櫻桃長得像米克斯，餅乾長得像小雪。

「原來是這樣啊……」我嘆了口氣。

「話說回來，你最近有什麼好玩的事？」米克斯問我。

「喔，有啊。昨天早上我在附近的垃圾集中場，發現一個很有趣的東西。」

「趕快告訴我是什麼！」

「是一本書，書名是《口袋版諺語辭典》。」

「《口袋版諺語辭典》？」

「沒錯，《口袋版諺語辭典》。」我對他點了點頭。

米克斯從頭到腳打量著我，然後對我說：

「你撿那種東西要做什麼？你身上有口袋嗎？」

「我身上怎麼可能有口袋！重點不是口袋，而是諺語辭典。那本辭典裡有好多諺語。我收在神社的地板下面，你想看嗎？」

「一點也不想！」

儘管米克斯想也不想就拒絕了，但我不以為意的繼續問他：

「我從那本書上看到一句諺語『從二樓點眼藥水』，米克斯，你知道這句話是什麼意思嗎？」

米克斯立刻回我：「那本書根本不是諺語辭典，而是謎語大全吧？」接著，他抬頭看旁邊的銀杏樹，口中唸著：「從二樓點眼藥水……」想了一會兒才對我說：「我之前待在五金行的時候，眼睛曾經感染黴菌，我的主人還幫我點眼藥水。眼藥水一碰到眼球，我就嚇得驚慌失措，結果不小心吃到眼藥水，味道好苦、好難吃喔。我在想，你剛剛一定說錯了諺語。」

「我說錯諺語？」

「應該不是『從二樓點眼藥水』，而是『好苦的眼藥水』才對。這句諺語的意思一定是只要舔過就知道是不是眼藥水，舔了之後覺得苦的就是眼藥水。」(注2)

「好苦的眼藥水？這本書裡是有一句『良藥苦口』，但是完全沒有『好苦的眼藥水』。」

「是嗎？那『從二樓點眼藥水』是什麼意思？」

「意思是說站在二樓的人，不可能幫一樓的人點眼藥水，比喻遠水救不了近火，無法發揮作用。」

「這麼說來，阿里教小蘿蔔頭寫字，根本就是『從二樓點眼藥水』嘍！對了，你剛剛說那個什麼良、什麼藥的，那句諺語又是什麼意思呢？」

「是『良藥苦口』啦！這句話是說有效的藥都是苦的，用來比喻忠告雖然讓人聽起來很不舒服，卻對自己很有用。」我仔細解釋給米克斯聽。

「原來如此，我知道了。這麼說的話，前天我對阿里做了『良藥苦口』的事情。我跟他說，教那三個小蘿蔔頭寫字一點用也沒有，早點放棄吧。正因為我對他說了忠告，他才會一臉不高興的樣子。」

「這樣啊。也好，對於無心學習的人，怎麼教也沒有用。」

儘管我嘴上這麼說，但還是覺得《口袋版諺語辭典》不只有趣，還很有用，對我很有幫助。

注1：鳥居是日本神社建築結構的一部分，位於神社的最外緣，人們相信，通過鳥居就等於進入了「神住的地方」。

注2：「從二樓點眼藥水」和「好苦的眼藥水」這兩句話的日文發音相似。

2

阿里的說話方式和害怕巫婆的貓

去年春天，龍虎三兄弟來神社找我麻煩，結果被可多樂打回去；今年春天，恰克和阿里到日野先生家找我與可多樂。他們不是來復仇的，事實上，他們的主人除了飼養龍虎三兄弟之外，還養了一隻臘腸狗，叫做阿丹。由於大哥普拉多與阿丹被流浪狗攻擊，受了重傷，恰克和阿里才會特地來拜託我與可多樂幫他們報仇。

可多樂跟著恰克去市川時，由於可多樂是幫龍虎三兄弟出頭的，因此他們留下阿里在日野先生家當人質，喔不，是「貓質」。

當可多樂前往對岸尋找作惡的惡霸狗，沒想到那隻狗竟然跑到我們這邊，還掀起軒然大波。最後是由我、米克斯和大魔頭齊心協力，共同擊退他。那隻狗後來被日野先生家的幫傭婆婆收留，成為她的寵物狗。

事情結束後，可多樂短暫回來過一段時間，後來卻說：「對面有個管理鬆散的圖書館，那裡的英文書可以讓人隨意看到飽。」於是可多樂又去了一趟市川，直到八月底才回到日野先生家。

當初作為貓質留下來的阿里，從此再也沒回市川，就這樣留了下來。阿里對他的兩位哥哥說：

「我想留在這裡繼續學習，暫時不回去了，可以嗎？」

他想學的事情之一就是寫字。

之前的故事就先說到此。我跟米克斯說完諺語的事情之後，他就說要去抓麻雀，不知跑到哪裡去了。

米克斯覺得我是抓麻雀專家，每次我邀他一起去抓麻雀，他總是興致缺缺，跟我說等他技巧再純熟一些，他一定會跟我去。

既然米克斯跑去抓麻雀，我也決定前往日野先生家。我不只想去吃早餐，也想告訴可多樂我撿到一本《口袋版諺語辭典》，還要故意說幾個辭典裡的艱澀諺語，測試看看可多樂知不知道那些諺語的意思。

日野先生家的玄關門下方，有一個方便貓咪通行的小門，我可以從那裡隨意進出。日野先生的工作很忙，經常不在家。不過，每天早上到下午三點，幫傭婆婆會來家裡整理家務。

我到日野先生家的時候，婆婆好像剛好出門買東西，家裡沒有人在。可多樂與阿里也不見蹤影。我走到廚房，吃了碗裡的貓餅乾，才在庭院裡發現可多樂與阿里，他們正待在日野先生家和小川先生家相鄰的籬笆旁。不僅如此，長得跟小雪很像的餅乾也跟他們在一起。籬笆對面傳來大魔頭的說話聲。

「原來是這樣啊，從來沒聽說過呢。我現在才知道魯道夫叔叔是坐大貨車來到東京的。」

跟大魔頭說完，餅乾一臉佩服的轉頭問阿里：「阿里叔叔，是這樣沒錯吧！」

「嗯，是這樣沒錯。」阿里點點頭。

而坐在一旁的可多樂竟一臉正經的問餅乾：「你說小魯做了什麼？你說他開大貨車到東京來嗎？」

「才不是呢！魯道夫叔叔是坐在貨車後面的載貨臺來的。貓怎麼可能會開車？」

一聽到餅乾這麼說，可多樂立刻用後腳站立，前腳做出駕駛方向盤的樣子說：

「就像這樣一邊唱著：『開車兜風真開心』，一邊開車啊！」

「才不是這樣！不是啦！魯道夫叔叔是坐在貨車後面的載貨臺來的！」餅乾激動的說著。

這次換大魔頭故意跟餅乾開玩笑說：「很難說喔！大家都說

他會使出連魔鬼也想不到的計謀呢！駕駛方向盤這種小事，只要用念力就能輕鬆轉動，說不定他就是這樣開大貨車來的喔。」

「不會吧！魯道夫叔叔是魔鬼嗎？」餅乾越說越害怕。

就在此時，我開口說話了。

「你們在聊些什麼？」

「哇！」餅乾被我的聲音嚇得大叫出聲。

可多樂開心大笑，將前腳放回地上。大魔頭從籬笆縫隙探出頭來對餅乾說：「喲！魔鬼來嘍！」接著問我：「小魯，剛剛我聽餅乾說起你來東京的事情，你是用念力開大貨車來的嗎？」

「你在說什麼傻話？」我一邊說，一邊看向餅乾，只見他一臉不安的樣子，全身貓毛都豎起來了。

阿里看著大家逗弄餅乾的模樣，不禁眉頭深鎖。他對我說：「小哥，不是啦，大家在跟餅乾玩。不過，從教育的角度，我不贊成這樣逗小孩，要是害餅乾從此怕鬼，就不妙了。」

阿里接著對餅乾說：「餅乾乖，不要怕，這個世界上根本沒有魔鬼。」

雖然阿里這麼說，但他相信貓妖大人的存在。

對了，阿里習慣叫我「小哥」，叫米克斯「米哥」，叫可多樂「虎大」。他原本叫我「小魯大哥」，但我騙他在我的故鄉岐阜，會用縮短名字的方式來稱呼偉大的人，於是，「小魯大哥」就變成了「小哥」。從此以後，他就一直叫我小哥。後來我向阿里坦承縮短名字的事是騙他的，但他還是繼續用簡稱叫我，改不

03-94

掉「小哥」這個稱呼。

不僅如此，阿里每次跟我、可多樂、米克斯和大魔頭說話時，遣詞用字都很尊敬文雅。跟自己兄弟或米克斯的孩子們說話，才會恢復原來的語氣。

此時可多樂對阿里說：「阿里，我跟你說，有些貓啊，小時候也會怕巫婆喔！」

我忍不住抖了一下，看向可多樂。

可多樂竊笑著問我：

「小魯，我說得沒錯吧？真的有這種貓，對吧？」

可多樂說的就是我。

「我不認識這樣的貓。」我故意裝傻。

餅乾戰戰兢兢的問我：

「魯道夫叔叔，阿里叔叔說你是從很遠的地方坐大貨車來的，你真的是用念力開車過來的嗎？」

「我是坐在大貨車後面的載貨臺到這裡來的。」

我的回答讓餅乾稍微安心一些，他忍不住大嘆一口氣說：

「呼，果然是這樣！」

「櫻桃跟好運呢？」我轉頭問阿里。

「他們兩個都在獸醫那邊，我到的時候他們都在看電視。」

「那你只帶餅乾過來嗎？」

「沒錯，其實……」阿里話說到一半，就用鼻子指了指籬笆。

這個動作是在暗示我到大魔頭家的庭院裡說話。

我帶頭穿過籬笆縫隙，進入大魔頭家的庭院。

「餅乾已經找到領養他的家庭，明天就要被帶走了。」大魔頭走到我身邊對我說。

隨後跟過來的阿里接著說：

「就是這麼一回事，所以我帶他來跟大家打招呼。其實餅乾要去的地方是柴又的理髮廳，那裡並不遠，我們偶爾可以去看看他，你不用擔心。」

柴又在江戶川區隔壁的葛飾區裡，那裡確實不遠，還有一間帝釋天神社，我曾經去過那裡。

「餅乾知道了嗎？」我問。

阿里點點頭，坐了下來。

「當然，這件事前天傍晚就決定好了。獸醫跟領養人說話時，我剛好在旁邊聽到。要領養餅乾的人看起來很喜歡貓，他說他在帝釋天神社的參道附近開了一間理髮廳，店名叫做『BARBER・林』。我昨天去那附近晃了一下，那裡確實有一家理髮廳，招牌上以英文寫著『BARBER』，然後再加上國字『林』，絕對不會錯。那家店很小，有兩位客人在等，還有一個身穿白色長袍的人在幫客人理頭髮，他就是那天跟獸醫說話的男人，絕對不會錯。」

聽阿里說完，大魔頭問他：「你也會看國字啦？」

「是啊，因為我要向虎大和小哥看齊！最近我還以虎大為目標，學了一點英文呢！『我是貓』的英文就是 I am a cat。」

「哇，你真不簡單啊！」

正當大魔頭稱讚阿里時，籬笆另一邊傳來可多樂的叫聲。

「喂，阿里，差不多要走嘍！不早點去就要開店了，開門營業後，就算走後門也拿不到燒賣。小魯也一起去吧！」

「知道了，我立刻過去。」阿里站了起來。

「拿不到燒賣是什麼意思？」我問。

大魔頭搶在阿里之前回答我：「就是米克斯以前住的五金行，後來改裝成中華料理店，你知道這件事吧？那家店一個星期前開幕了。」

「我不知道這件事，那裡變成中華料理店了嗎？」

我知道米克斯以前住的五金行那棟房子最近在施工，但不知道那裡要開什麼店。

「是啊。虎哥早就跟那家店的廚師混熟，對方還餵他吃前一天沒賣掉的燒賣。昨天他叼了一個回來，還真好吃呢！你一定要去吃。」大魔頭說。

雖然剛剛才吃了一大堆貓餅乾的我，肚子好撐，但還是決定跟他們一起去。

「這樣啊，那我也帶一個給你吃。」我一說完，就跟在阿里身後，從籬笆底下鑽出去。

雖然肚子很飽，但跟夥伴們廝混是很重要的。再說，我也很想瞧瞧那間中華料理店長什麼樣子。

3

壓力和深奧的國字

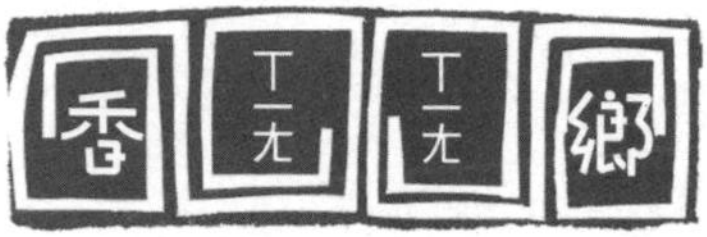

我們來到米克斯以前住的五金行，舊房子已經全部拆掉，蓋了一棟新房子。原本是兩層樓，現在改成四層樓建築。一樓就是中華料理店。

大門外的招牌上寫著「廣東料理香港飯店」。

阿里問可多樂：

「中華料理店的英文是不是Chinese Restaurant？」

我忍不住想，上面根本沒

寫「中華料理」四個字，而是寫「廣東料理」啊！嗯，「廣東」這兩個字要怎麼唸啊？「香港」這兩個字我也不會唸，好多看不懂的字啊！

店門口有個停車場，可以停四輛車。最左邊停了一輛白色輕型廂型車，後車廂的門開著。

「這裡，這裡。」可多樂指引我們往店的後門走去，阿里和餅乾跟在他後面。

我還在店門口抬頭呆望著招牌，心想為什麼「廣東料理」是中華料理，「廣東」這兩個字到底要怎麼唸？還有「香港」這兩個字又要怎麼唸？不一會兒，後門傳來可多樂「喵嗚嗚」的叫聲，這是他向人類撒嬌示好的聲音。

我聽到後門傳來一個男性的聲音說：「喔，今天來三隻啊。」於是立刻往店面後方跑去。後面就是中華料理店的後門，一個男人從門裡探出頭來。

他穿著白色廚師服，發現我隨後跑來，便改口說：「不對，是四隻。好，你們在這邊等著喔！」說完便往店裡走去。沒想到下一秒他立刻拿著一疊報紙走出來。報紙上還放著什麼東西。

穿著廚師服的男人將報紙放在地上，對我們說：「昨天餐廳生意太好，燒賣只剩五個了，我再加一條春捲給你們。」

學校廚房的大嬸曾經拿燒賣和春捲給我們吃，老實說，我不是很喜歡燒賣。從外表看不出它是乾乾的，還是黏黏的，吃進嘴裡又很有彈性，我不喜歡這個口感。而且我才剛剛吃飽，所以實在沒什麼興趣。

餅乾先站在報紙上，拖走一顆燒賣，以他的嘴巴大小，很難一口吃完。接著，阿里也叼著燒賣，退到後面去。

這家餐廳的燒賣尺寸比學校廚房的小，可多樂應該可以一口吃進去吧。

「小魯，我知道你不喜歡吃燒賣，不過，你試試看這家的，味道跟學校廚房的不一樣喔。」可多樂對我說。

於是我走近燒賣，將鼻子湊過去聞了聞。

燒賣聞起來有絞肉的香氣，接著，我伸出舌頭舔了一下，好像剛剛才從冰箱拿出來，還是冰的，但外皮不硬，軟軟的，也不會黏黏的，「舌感」還不錯。

我張嘴咬了一大口。

感覺真的跟學校廚房的燒賣不一樣，一吃我就知道差在哪裡了。燒賣裡面包的絞肉品質和分量完全不一樣，這家店使用大量的高級絞肉！

我一口一口咀嚼塞滿嘴裡的絞肉，這個燒賣跟學校廚房的燒賣味道不只差一個等級，可說是差了一百個等級……雖然外表跟學校廚房的燒賣很像，但吃起來根本就是不同食物。

我顧不得嘴裡還有燒賣，立刻看著可多樂說：

「這郭蒿蒿粗喔！」

我要說的是「這個好好吃喔！」

「嘴巴裡有食物還說話，這不是有教養的貓該有的行為。」可多樂雖然這麼說，但他並沒有生氣，因為他的嘴角在笑。

他的嘴角不僅越笑越開，更順勢張大了嘴，把報紙上剩下的兩顆燒賣咬走其中一顆。

可多樂的身材在貓界裡算是特大號，他可以一口吃下一整顆小燒賣。我跟阿里都做不到，我們只能用嘴撕下一口，分兩、三次吃光。

從吃東西的樣子，可以看出阿里是一隻從來沒有在外面流浪過的寵物貓。寵物貓吃東西都很慢，因為他們不用擔心食物被別的動物搶走。

我曾經當過流浪貓，現在算是半個流浪貓；雖然我的內心是流浪貓，但附近所有的貓都知道我跟可多樂感情很好，所以沒人敢來搶我的食物。不過，有些人類很壞，每次有人給我們食物，我們叼到公園享用，那些壞心眼的人類就會用力跺腳嚇我們，或是用石頭丟我們。由於這個緣故，流浪貓必須在很短的時間內將食物吃光才行。

我曾經問可多樂，為什麼人類要做那種事？可多樂告訴我：

「因為那些傢伙壓力很大。」

「什麼是壓力？」我又問。

「簡單來說，就是施加在心理或身體上的負擔。」

可多樂的解釋我還是聽不懂，於是又問：

「那麼感覺寒冷或溫暖也是壓力嘍？」

「沒錯。」可多樂點頭說。

不過，我還是不認為那些傢伙會因為覺得冷或暖就欺負小動物，於是又追問：

「如果是這樣，他們應該只在天氣冷或天氣熱的時候使壞才對呀！但是他們用力踩地、發出很大的聲音嚇我，都是在不冷也不熱的時候。」

「即使身體不冷，有時候內心也會覺得冷。」可多樂回答。

聽他這麼說，我終於稍微了解什麼是壓力了。

大魔頭過去也曾經欺負我們，那段時間除了他的飼主之外，其他人都不陪他玩，讓他感到很寂寞，所以內心才會覺得冷吧。

姑且不論這個，我比阿里晚吃燒賣，卻比他早吃完。

我看向阿里，他還留著最後一口，正在看著餅乾吃燒賣。

好不容易等餅乾吃完，阿里跟餅乾說：「想再吃一點嗎？」

聽他這麼說，我不由得心中一暖，但下一秒又覺得很丟臉。

阿里擔心餅乾吃完自己的燒賣後，會想再多吃一些，於是為他留下最後一口。反觀我這個叔叔，竟然忍受不住好吃一百個等級的燒賣誘惑，完全沒想到要為餅乾留一點。

可多樂體型碩大，而且不像我才剛吃完早餐，一顆燒賣根本不夠他吃。我猜想可多樂或許想將比燒賣大的春捲帶回去給大魔頭吃，不過他也沒伸手……不，他沒吃最後一顆燒賣，難道也是想留給還想吃的人？

別誤會，我並不想吃第二顆燒賣。不過，我們一開始並沒有說好怎麼分這五顆燒賣和一條春捲，只是每人依序吃一顆燒賣。或許就是因為我有時候沒想太多就去做了，所以米克斯老是把我當小孩看待。

「剩下這顆怎麼辦？要帶回去給櫻桃和好運吃嗎？」可多樂問阿里。

「不了，每次我從外面叼食物回家，獸醫都一臉不開心，說什麼不衛生之類的話。」阿里搖搖頭說。

「嗯，我想也是。」可多樂一說完，餅乾剛好也吃完自己的燒賣，對可多樂說：「我要吃。」

接著餅乾將臉湊近剩下的燒賣，大口咬下。

阿里看他在吃第二顆，便將自己還沒吃完的燒賣吃掉了。

那名穿白色廚師服的男人不知道什麼時候不見了。

等餅乾吃完後，可多樂對著緊閉的後門喵喵叫了兩聲。

「好了，我已經跟廚師說謝謝了，我們回家吧！我把春捲帶回去給大魔頭。」

可多樂說完便叼起春捲走了。

當天晚上我到日野先生家，阿里不在，只有可多樂在家。

「阿里呢？」我問。

「到獸醫那邊去了，餅乾明天就要被帶走了。」可多樂說。

眼見時機正好，我趕緊問可多樂：

「我們今天不是去中華料理店嗎？招牌上寫的是什麼料理？那個料理為什麼是中華料理？還有，招牌上寫著很像店名的名字，要怎麼唸啊？」

「喔，那叫ㄍㄨㄤˇㄉㄨㄥ料理，廣東是中國的地名，就像日本料理也有關西料理一樣，有各種不同的料理。還有，那個很像店名的名字，是香味的香，加上港口的港，唸作ㄒㄧㄤㄍㄤˇ。這是中文讀音。中國的首都是北京，北邊的北，東京的京。」

可多樂以剪刀的方式，不，是以簡單的方式對我解釋。

「這麼說，東京就是廣東的東，加上北京的京嘍！」

「嗯，這麼說沒錯。不過，各地都有自己的方言，讀音也都不一樣，比如說同一個國字或詞語，用國語、閩南語或廣東話來唸，就會有不同的唸法。」

雖然我看得懂的國字不少，但還是覺得國字很深奧。

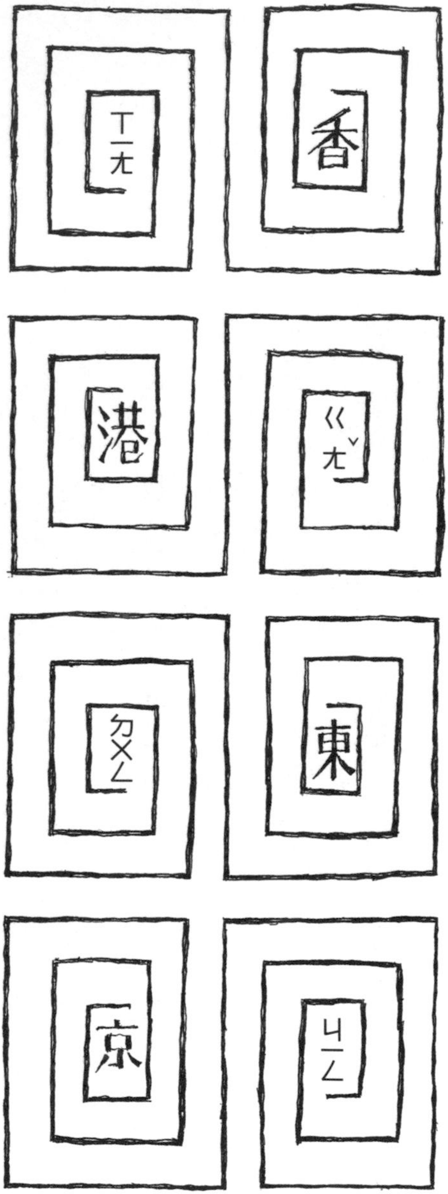

4

烏鴉的復仇和稱呼

餅乾被柴又理髮廳主人帶走好幾天了。現在是週日傍晚，已經是深秋季節，我每天晚上都會到日野先生家住，只有白天待在神社。今晚我一如往常坐在香油錢箱前面的階梯上。米克斯轉頭對我說：

「我現在已經很會抓麻雀了，我想讓你看看我的技術，要不要一起去小學？」

沒想到我們到小學操場

後，那裡一隻麻雀也沒有。

「剛剛這裡有好多麻雀。唉，這樣就沒轍了。我去找找看，搞不好哪裡還藏著一、兩隻麻雀也說不定……」

米克斯一邊說，一邊環顧操場，突然，他靜止不動。

我順著米克斯的視線往上看，發現一隻烏鴉停在單槓上。

米克斯看著烏鴉，小聲對我說：

「我以前就一直在想，烏鴉每次都亂翻垃圾袋卻不整理，這樣很不好。」

「貓其實也是這樣。」

「你說得也沒錯，無論是貓或烏鴉，面對不懂禮貌的動物，就是要好好教他們守禮呀。」米克斯這麼回我。

我看米克斯只是想找烏鴉打架。

雖然米克斯不可能吃鴿子，但他之前也想抓鴿子，還使出後絞頸招式，勒住鴿子的脖子，後來才鬆手放他走。「後絞頸」是格鬥技的戰鬥招式，也是米克斯的拿手絕招。

「算了啦，你又不是真的想吃他，

不要隨便攻擊動物，這樣不好。再說，烏鴉很厲害喔！」我勸米克斯。

「就是因為厲害才值得挑戰啊。」米克斯邊說邊朝單槓走去。我在後面叫他：「還是算了吧！要是你贏了，後面會很難收拾喔。」

「咦？為什麼？」

米克斯停下腳步回頭。我走到米克斯身邊告訴他之前在日野先生家看到的紀錄片內容。

「我看電視上說，烏鴉是一種很執著的動物，當同伴遭受襲擊，他們一定會報仇。」

「報仇？他們會怎麼報仇？」米克斯歪著頭問。

「我也不知道，電視沒播他們怎麼報仇，可能是從高空鎖定報仇對象後，俯衝下來，用鳥嘴啄對方吧。」

「如果是這樣，我會突然回頭，對著啄過來的鳥嘴用力給他一拳，輕輕鬆鬆就能擺平。」

「沒這麼簡單，不是只有俯衝攻擊而已。烏鴉很聰明。對了，我待的神社每次舉辦祭典，不是都跟其他神社和寺廟一樣會點蠟燭嗎？烏鴉會偷偷運走點著火的蠟燭，再往下丟。要是來報仇的是那種聰明的烏鴉，你該怎麼辦？」

「這樣的話，搞不好會發生火災。不過，我又沒有家，不要緊的。」米克斯說。

「就算你沒有家，但你經常出入日野先生家或獸醫家，要是烏鴉認出你就是那隻雙色貓，搞不好他會攻擊日野先生家或獸醫家，將點著火的蠟燭丟到他們家裡……」

聽我說到這裡，米克斯才心不甘情不願說：「嘖！好吧，我不教烏鴉禮貌了。既然這裡沒有麻雀，我就先走了。」

米克斯說完，轉身往校門口走。正好看到阿里穿過學校鐵門的縫隙，往我們這邊跑過來，氣喘吁吁的說：

「小哥、米哥，我找你們好久了。」

「里哥，發生什麼事了？」

每一次我用阿里大哥的簡稱「里哥」稱呼阿里，他都顯得很開心。雖然有時候我還是會不小心叫他阿里，但我盡可能提醒自己叫他里哥。

「現在沒有時間到處閒晃了！獸醫已經將好運送出去給別人了！」阿里說。

「是喔，這是好事啊！送到哪裡去？」米克斯問。

「好運要被送到奧戶。」阿里回答。

奧戶在我們住的城市西邊，跟柴又同樣在葛飾區，不過方向不同，路程比柴又遠。

「這樣啊……」

見米克斯一副事不關己的模樣，阿里湊近米克斯身邊說：

「你這是什麼反應啊，米哥！難道你一點都不擔心好運嗎？」

米克斯靜靜盯著阿里的臉回答：

「是你說好運『已經』被送走了，不是嗎？那就代表獸醫已經將好運交給奧戶的新主人啦！既然如此，有什麼好擔心的？獸醫又不是將好運送給不認識的人，對方一定是獸醫熟識的朋友，獸醫也知道對方個性，才會決定把好運送給他。這樣的話，我當然很放心！」

米克斯說得沒錯，但阿里並沒有要罷休的意思。他再次逼近米克斯，以嚴肅的口吻說：

「你說得或許沒錯，但不能因為知道對方是誰就可以放心，你好歹是好運的老爸，真的一點都不擔心嗎？」阿里說話的方式變粗魯了。

我相信米克斯並非毫不關心，但俗話說「你來我往，針鋒相對」，《口袋版諺語辭典》也有介紹這句話。意思是當對方說出挑釁的話，自己也不甘示弱回嘴，就會爭吵不休。絕對不是輕鬆聊天那種「你說一句，我答一句」，也不是在賣東西時，老闆說「這個賣你三千就好」，於是客人說「好，那我要了」那種討價還價的和樂場景。

米克斯把臉往前湊，幾乎要碰到阿里的鼻尖，開口說：

「對，我一點都不擔心。怎麼樣？這就是貓爸爸的德性。我還能隱約記得自己的媽媽長什麼樣，但完全不知道爸爸是誰。你看過自己的爸爸嗎？」

老實說，我清楚記得理惠小學時的模樣，以及她升國中後我們在淺草偶遇的樣子，但完全記不起我親生媽媽的面容，更別說是爸爸了。我跟米克斯一樣，根本不知道自己的爸爸是誰。我相信阿里也跟我們一樣。

阿里別過頭去，但他還沒認輸。

氣氛頓時變得很緊張，衝突一觸即發。

阿里深深吸一口氣，頭一抬，額頭就撞上米克斯的鼻尖。

「你想幹什麼？」米克斯擺出打架的架式，阿里也壓低身體，隨時準備往前撲。

阿里開口對米克斯說：

「這麼說可能對你很抱歉，但我不只知道媽媽是誰，連爸爸也一清二楚。你們都知道我來自市川的農家，我的爸爸媽媽是隔壁養的寵物貓，雖然他們年紀都大了，但身體十分硬朗。我從來沒孝順過他們，但我跟哥哥們偶爾會去探望他們。哪像你這傢伙，只因為自己從小沒有爸爸疼，就完全不關心自己的小孩，這是哪門子爸爸……」

阿里才說到這裡，米克斯立刻撲了過來。他用兩隻前腳勒住阿里的脖子，這就是米克斯最擅長的「後絞頸」招式。

要是他們在鬧著玩，別人還可以在一旁起鬨「好耶，米克斯！不愧是鴿子殺手！烏鴉殺手！還是阿里殺手！快制伏阿里，當阿里郎啊！阿里郎、阿里郎、阿里郎！」可是現在不是這個狀況，米克斯是真的想找阿里打架，這可不能開玩笑。

我趕緊將頭擠進米克斯的兩隻前腳與阿里的臉之間，大叫「住手」，並用頭撞開他們。

米克斯的前腳放開了阿里的頭。不過，他的前腳往後退時，

爪子掃過我的右耳，引起一陣劇痛。

米克斯也察覺他的爪子刮到我，急得看著我說：

「小魯，你沒事吧？」

他發現我沒有流血，稍微鬆了一口氣，接著轉頭瞪著阿里說：

「老子我早就看你不順眼了，市川富農養的寵物貓，根本就是養尊處優的少爺貓。我以前也是五金行的寵物貓，不敢說我有多神氣，但你一隻農家養的寵物貓，在那邊咬文嚼字個什麼勁啊！說起話來班門弄斧的，你有病啊？」

我對米克斯說：「阿里說話是比較客氣，我原本也不太習慣，但那有什麼關係呢？說不定市川那裡就是這麼說話的。」

米克斯看我跳出來幫阿里說話，似乎很不是滋味，接著將苗頭對準我。

「我也很不爽你，都幾歲了，說話還像個小孩子一樣。」

聽他這麼說，我有點不太高興的回嘴：「我喜歡就好。」

這次換阿里跳出來幫腔：「就是說嘛！我們想怎麼說話就怎麼說話，你管得著嗎？」

我相信米克斯話一說出口就後悔了，他一定也覺得自己不該挑剔我的說話方式。

可多樂老是說米克斯是個「城市男孩」，城市男孩指的是他有清楚的人我之分，不干涉別人的事情，擁有好相處又親切的個性。事實上，米克斯也不太管朋友的事情。

米克斯喃喃的說：「隨便你們。」接著對阿里說：「你想怎麼說話確實不關我的事，不過以後別再叫我米哥了。」說完便往校門口走去。

「等一等，米克斯！」米克斯不理會我的呼喚，走到校門口前，就輕盈的躍上門柱，往門外跳走。

我沒有跟著他離開，因為我還想打聽好運送給什麼樣的人家。我跟米克斯是老朋友了，晚一點再找他和好就行。再說，阿里特地來找我們，我也不好意思就這樣拋下他。

我盯著門柱的方向看，阿里也跟著看。他喃喃的說：「我以後說話還是正常點好了，其實我以前就一直在考慮這件事……」

我默默的待在一旁，阿里接著問我：「小哥，你也討厭我叫你小哥嗎？」

「我最近已經習慣了，不過真要說的話，我還是喜歡你叫我小魯或魯道夫。」

阿里聽了我的話，不禁低下頭來。我接著說：

「不過，日野先生叫我 crow，那是英文『烏鴉』的意思；幫傭婆婆叫我小黑；而我最近也沒再聽過有人叫我小不點了……」

我說了這麼多，阿里還是沒有抬起頭來，於是我又說：「要不要回日野先生家？」說完便緩緩往前走。

我回頭一看，發現阿里跟了上來，於是停下腳步等他，跟他一起走。

整段路程我一直找話題跟阿里聊，例如：

「今天是星期天，日野先生一定在家。」

「今天不只能吃貓餅乾，還可以吃到日野先生的晚餐。」

不過，阿里都只淡淡的回答「是啊」和「嗯」。

我根本搞不清他到底有沒有在聽我說話。

當天晚上，我住在日野先生家。趁著阿里跑到獸醫家探望櫻桃時，我將白天在學校發生的事情說給可多樂聽，接著問他：

「米克斯最後要阿里別再叫他米哥。米克斯這麼說，會不會是想跟阿里絕交啊？我好擔心喔！」

「要是米克斯想跟阿里絕交，幹麼還不准他叫米哥？沒事啦，不會有事的。沒有朋友不吵架的，順其自然吧！俗話說得好，『不打不相識』。」

《口袋版諺語辭典》裡也有「不打不相識」這句話。意思是吵架後關係反而更好。

真希望如此。

對了，我的耳朵本來很痛，但是等到我跟阿里走回日野先生家以後就不痛了。

5

蕎麥麵店三毛貓的名字和練習抓蚱蜢

距離米克斯與阿里吵架已經過了一個星期，這段期間我一直沒遇到米克斯。

流浪貓有很多種。可多樂當流浪貓時，每天住在神社，我也是。換句話說，我們有固定的棲息地。

米克斯跟我們不同。他有時會睡在神社地板下，有時睡在日野先生家或獸醫家。有時還會去小川先生家找大魔頭，借住他的狗屋。每次米克斯去睡大魔頭的狗屋，大魔頭就睡在庭院裡。除了這些地方，米克斯還有許多棲身之處。基本上，他屬於居無定所的流浪貓。因此，我曾經好幾次隔了好幾天都沒見到米克斯。

不過，之前的天數都很短，不像這次長達一星期。我忍不住擔心了起來，找遍所有米克斯可能去的地方，還是找不到他。

蕎麥麵店的三毛貓每次說話都加油添醋，一點小事也會說得很誇張，甚至還會捏造故事，我並不喜歡他。不過，他跟米克斯交情很好，說不定他知道米克斯在哪裡。於是，在米克斯失蹤正好一星期的早上，我跑去找三毛貓打聽。遺憾的是，他也沒有米克斯的消息。

「我也不知道他在哪裡。啊，我想起來了，他前一陣子說想搭俄羅斯的太空船去太空旅行，說不定現在已經在月球玩了呢。」三毛貓胡謅一陣後又說：「不知道他發生什麼事了……」

看來蕎麥麵店的三毛貓也很擔心米克斯。

我不知道三毛貓真正的名字，但大家都這麼叫他，所以我也跟著叫。可多樂叫他「蕎麥麵店的三毛」，說不定「三毛」就是他的名字。不過，都認識這麼久了，要我現在像初次見面一樣跟他說：「你好，我叫魯道夫，你叫什麼名字？」我也說不出來。

有些人只見過面，不知道名字，如果雙方都這樣，那就沒什麼問題。但當對方知道自己的名字時，自己反而很難開口問對方叫什麼名字。

我也是意外得知蕎麥麵店的三毛貓竟然知道我叫什麼名字。

在他說完「不知道他發生什麼事了」之後，我問他：「你知不知道哪隻貓可能知道他的下落？」

「小魯啊，連你都不知道他在哪裡，那就更沒人會知道了。」三毛貓這樣回答。

我就是這樣知道他知道我的名字。

我想米克斯應該知道他的名字，搞不好可多樂也知道。

我決定下次問問他們。

米克斯和阿里吵架後的這一個星期，我每天都去獸醫家，目的是為了看米克斯在不在那裡。要是碰到小雪就跟她聊聊天，要是碰到櫻桃就順便照顧她。不過，我沒跟她們兩個說米克斯不見了，我不想讓她們擔心。

老實說，我不是很想照顧米克斯的三個小孩，因為我知道他們早晚要送人，要是跟他們建立感情，哪天他們突然被送走時，我一定會感到很寂寞。不過，每次到獸醫家看到他們，就會覺得他們很可愛，忍不住想要關心一下。

與蕎麥麵店的三毛貓告別後，我來到獸醫家。

今天是星期天，獸醫院不看診，玄關門鎖著。我攀上圍牆，跳入庭院。我沒看到小雪，只看到櫻桃獨自在草坪上跳來跳去。

我走到她身邊，跟她打招呼。

「哈囉，櫻桃！」

櫻桃看了看我，然後說：「是小魯叔叔啊，請等我一下，我在抓蚱蜢。」說完繼續在草皮上跳來跳去。

「櫻桃，這個季節已經沒有蚱蜢嘍！」

我一說完，櫻桃便停下來，走到我身邊說：「我知道，夏天結束後就沒有蚱蜢了。」

「那你為什麼還在找蚱蜢？」

「我沒說我在找蚱蜢，我是說我在抓蚱蜢。不過，我不是真的抓到，只是在練習抓而已。哪天遇到蚱蜢時，我就抓得到啦！蚱蜢很好吃喔！」

「櫻桃，你吃過蚱蜢嗎？」

「沒有，是我爸爸告訴我的。」

「爸爸？是米克斯嗎？」

「是啊！」

「米克斯告訴你蚱蜢很好吃？」

「嗯。」

「什麼時候說的？」

「我也忘了是什麼時候，應該是比餅乾被送走更早之前吧。」

「米克斯平時會來這裡嗎？」

「會呀，我自己在這裡玩，他就會從圍牆跳下來，問是不是只有我自己一個。然後他會跟我聊天，告訴我蚱蜢的事，還會帶好吃的東西給我吃。」

「好吃的東西？他帶了什麼給你吃？」

「嗯，我想想……他上次帶燒賣給我吃，不過只有半顆。」

「燒賣？他什麼時候帶給你吃的？」

「嗯……是什麼時候呢？」櫻桃偏著頭想了一會兒才說：「好運被送走的第二天吧！吃完早餐後，大家都出去了，家裡只剩我一個，我覺得好孤單。就在這個時候，爸爸帶了燒賣給我。」

那天是星期一。

「爸爸後來還有來過嗎？」我繼續追問櫻桃。

櫻桃抬起頭看著我說：「爸爸？叔叔，你是說誰的爸爸？是小魯叔叔的爸爸嗎？我沒見過叔叔的爸爸耶。」

「不，我是說你的爸爸，米克斯。」

「叔叔要說清楚嘛！光說：『爸爸後來還有來過嗎』，我怎麼知道是誰的爸爸啊！阿里叔叔經常跟我說，說話一定要說清楚，別人才聽得懂。」

我覺得櫻桃一定知道我剛剛是在說誰的爸爸，她只是想告訴我，阿里平時對她說的話。

於是我重新再問一次。

「櫻桃說得對，那我重新問一次，你爸爸後來還有來過嗎？我是說，星期一早上之後，他還有再來過嗎？」

「沒有！」話一說完，櫻桃立刻換了話題，她問我：「小魯叔叔，聽說你會看注音，也會看國字，你看得懂多少呢？」

「嗯，我不知道耶，我沒算過，所以無法告訴你確切的數字。不過，人類報紙上的國字，我大概都看得懂。」

「叔叔好厲害喔！阿里叔叔說，他大概只看得懂三十個字左右。他懂得那麼少，還想教我認字呢！」

「櫻桃跟阿里學認字，現在看懂了嗎？」我問。

「我不知道！」櫻桃一說完，又繼續跑去練習抓蚱蜢了。

她說的「不知道」到底是不識字，還是不想回答，我實在弄不清楚。我猜想阿里如果遇到這種情形，一定會跟櫻桃說：「說話一定要說清楚，別人才聽得懂。」

看著櫻桃練習抓蚱蜢的模樣，我發現了一件事。櫻桃是白底黑紋的貓，紋路的樣子很像米克斯，就連跳躍的姿勢都很像。

「櫻桃，我走嘍！」

向櫻桃道別後，我翻過圍牆，往馬路對面走去。

6

面對洗澡這件事該做好的心理準備、面子和危機管理問題

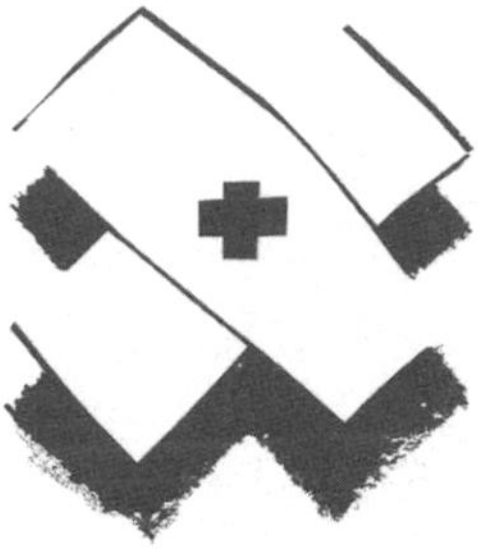

從獸醫家出來，我打算先回日野先生家。

跳上小川先生家的圍牆，我發現大魔頭和可多樂在庭院的狗屋前。從我站的位置，聽不到他們的聲音，但看得出他們在說話。

面向我的大魔頭看到我，背對我的可多樂也跟著轉頭看向我。

他們看起來一臉嚴肅。

我跳下圍牆，沿著水池邊走，走到他們身邊。

「發生什麼事了？」我問。

大魔頭沒有回答我，臉撇到一邊，用下巴指了指狗屋入口。

「裡面有什麼？」我一邊問，一邊探頭往狗屋裡看，發現米克斯就躺在棕色毛毯上，四隻腳往前伸，全身看起來髒亂不堪。

「他什麼時候回來的？」我問大魔頭。

「剛剛回來的。我看他待會兒又要被日野先生家的幫傭婆婆抓去梳毛三十分鐘。」

我再次探頭往狗屋裡看。

他看起來的確需要好好梳理一番，不只全身都是灰塵，背部還有乾掉的泥巴。搞不好梳毛還不夠，必須洗澡才能清理乾淨。

米克斯的下巴下面，還沾著黑色汙漬。

我盯著那塊黑色汙漬看，可多樂站在我的身後說：「那是乾掉的血漬。你仔細看，那邊的毛有些脫落，傷口已經開始癒合，暫時無須擔心。不過那很像是貓爪抓傷的。」

「他跟別人打架了嗎？」

「應該是。」可多樂回答。

或許是累到精疲力盡的關係，米克斯睡得相當熟，我們在他旁邊說話，也沒有被我們吵醒的跡象。

大魔頭說：「我們到那裡說話吧！」接著往水池走去。

可多樂默默的跟著大魔頭，我走在可多樂身後。

大魔頭坐在池畔草地上，可多樂在他身旁坐下，我則坐在旁邊的平坦石頭上。

我經常坐在那塊石頭上，盯著池裡看。在那裡靜靜的看一會兒，綠色的水池裡就會浮現紅色金魚的身影，瞬間又消失。我最喜歡看金魚游來游去的模樣。

我問大魔頭：「米克斯有說他去了哪裡嗎？」

「沒有，他沒說，我也沒問。剛剛他搖搖晃晃的走過來，跟我說：『讓我休息一下』，就走進狗屋裡。我問他肚子餓不餓，沒想到他已經睡死了。看他那樣，一定吃了不少苦。」

我看著狗屋，自言自語的說：「他回來我就安心了，可是我真的好想知道，米克斯到底去了哪裡……」

「可以確定的是，他去了很遠的地方。」可多樂說。

大魔頭點點頭，認同他的意見。

米克斯不是一隻會主動挑釁的貓；在可多樂的地盤裡，沒有貓不認識米克斯，大家都知道他是可多樂的好朋友。因此，在可多樂的勢力範圍內，絕對不會有貓跟我或米克斯打架。如果米克斯跟別人打架，絕對是在可多樂管不到的地方。

貓的勢力範圍並非以根據地為中心，畫出方圓多少公里的大圓形。就像日本的都道府縣裡，沒有一個地區是圓形的，這些地方的行政中心也不在該地區的正中央。好比千葉縣的縣政府位於千葉市，而千葉市位在千葉縣的邊緣。貓的地盤劃分也是如此。

可多樂的地盤是以日野先生的家為中心，往四面八方呈放射狀擴散，不過，南北距離比東西遠。北邊可到常磐線的鐵路，南邊延伸至總武線再過去一些，勢力範圍十分廣闊。不過，東邊只到江戶川，西邊最多只到公車道再往前一點，距離並不長。

我猜想可多樂應該已經走遍所有地方，尋找米克斯的下落。

「我也可以確定米克斯沒到江戶川的對岸。」可多樂又說。

我贊同可多樂的判斷。江戶川對岸的市川與松戶是龍虎三兄弟的地盤；我剛剛已經說明過都道府縣的概念，若以國家的觀點來看，可多樂的地盤與龍虎三兄弟的地盤，就像同盟國的關係。就算米克斯獨自到江戶川對岸，也不可能遭到當地貓族的攻擊。

「米克斯沒事不可能去那麼遠的地方啊。」大魔頭喃喃的說。

「就是說啊。」可多樂點點頭說。

我則說：「難道他有什麼事？」我跟可多樂幾乎同時開口。

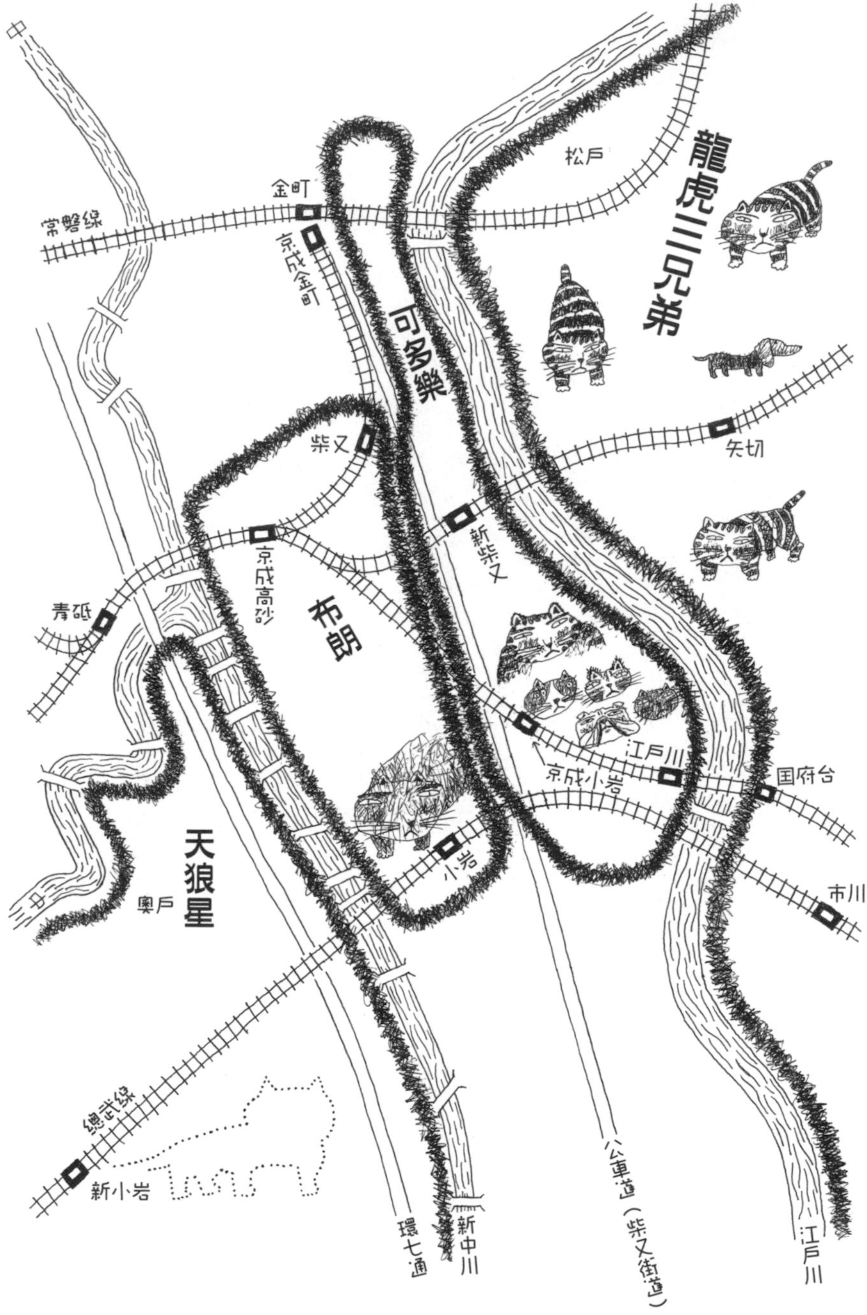

龍虎三兄弟
可多樂
布朗
天狼星
松戶
金町
常磐線
京成金町
柴又
新柴又
矢切
京成高砂
青砥
江戶川
國府台
京成小岩
小岩
市川
奧戶
總武線
新小岩
環七通
新中川
公車道（柴又街道）
江戶川

我接著又說：「我覺得沒事也有可能到別的地方去，像我也不是因為有事才從岐阜到東京來的……」

「你說得沒錯，不過，米克斯是一隻成年貓，平時做事深思熟慮，不可能因為被魚店老闆追就跳上大貨車的載貨臺，然後還被拖把打到後腦而昏倒。」可多樂說。

可多樂說的是發生在我身上的事情，但我總覺得他今天的語氣和以往不太一樣，感覺話中帶刺，好像在生氣的樣子。

我當時還是隻小貓，做事情很莽撞，直到現在，米克斯有時候還是把我當小孩看。

於是我接著說：「等米克斯醒來後再問他好了，到時候就知道他做了什麼事以及去過哪裡。」

聽我這麼一說，可多樂與大魔頭互看一眼。大魔頭說：

「我覺得米克斯醒了也不會說。阿虎，你也這麼認為吧？」

可多樂點點頭說：「嗯，我想他不會說的。」

「為什麼？」我忍不住問。

我先看了一眼可多樂，再看向大魔頭，大魔頭看著我說：

「小魯，我問你，米克斯說出他去過哪裡又怎麼樣？」

「什麼又怎麼樣？他說出自己去過哪裡，就知道他之前的行蹤啦！」我回答。

「你要他向誰說？」大魔頭又問。

「向誰？當然是向你、我或是可多樂啊！」

「你說得沒錯。我再問你一件事，假設米克斯跑到常磐線鐵路的另一邊，在那裡跟某隻貓打架，受傷回來。然後他跟虎哥說自己的遭遇，虎哥一聽到米克斯被打……」大魔頭說到這，我已經知道他接下來想說什麼。

可多樂一定會跑去找打傷米克斯的那個傢伙，揍得對方滿頭包。要是對方乖乖讓可多樂打，事情就可以告一段落；但要是對方惱羞成怒，或集結同伴跑到我們這裡報復，那就一發不可收拾了。到了這個地步，我們一定會跑到河對岸的市川通知龍虎三兄弟，於是普拉多和恰克就會集合手下一起跨過連結松戶與金町的橋，高舉「為米克斯討回公道」的旗幟參戰。米克斯明明還活著，卻弄得好像他已經死了，要安慰他的在天之靈一樣，一行人浩浩蕩蕩的攻入對方地盤。

龍虎三兄弟的恰克曾經說過，只要他們登高一呼，立刻就能叫來三千貓族。我覺得三千隻貓太誇張，不過就算只有十分之一，也有三百隻貓。

「我明白了……」我低聲回應。大魔頭輕輕點了點頭，對我說：「你明白就好。」

接著，可多樂開口說：

「不管米克斯說不說，都改變不了他是被某個地方的貓打傷的事實。」

我不懂可多樂為什麼要這麼說，於是問他：「你這麼說是什麼意思？」

「小魯，在你到這裡之前，我已經跟虎哥說了，我覺得這麼做不太好。」大魔頭向我解釋。

這次我改問大魔頭：「什麼不太好？」

「你還問什麼不太好？我要暈倒了……」大魔頭趕緊看向可多樂求救。

可多樂卻撇過頭去，不發一語。

大魔頭又看著我，嘆了一口氣說：

「虎哥告訴我米克斯不喜歡搭車，所以他如果要去某個地方，一定會用走的。從他失蹤的天數來看，最遠可以到單程要走四天的地方，就是這一點讓我覺得不尋常。姑且撇除虎哥地盤的東邊，只要鎖定西邊、南邊與北邊進行地毯式搜索，不遺漏當地的任何一隻貓，遲早能找到打傷米克斯的凶手。到時候他再到對方那裡復仇……這就是虎哥的計畫。」

「什麼！可多樂，你打算獨自去尋仇？」聽到大魔頭的話，我忍不住驚呼出聲。

不過，仔細想想，可多樂會這麼想也理所當然。

「可是，可多樂，這不是有教養的貓該有的行為……」我一說完，可多樂立刻強勢回應：

「這個世界還有比教養更重要的事！」

他接著又說：「先不說了。雖然我猜米克斯不會告訴我們，但等他醒來，我還是會好好問他。」

說完，可多樂便起身朝籬笆走去，從底下穿過，回到日野先生家。

等到可多樂消失在視線之內，大魔頭對我說：

「虎哥不只是因為米克斯受傷，一時怒火中燒才想找對方報仇，這個問題很複雜。」

「不只是因為這個緣故？你是說，還有其他原因嗎？」我問。

「米克斯老是說你會認字、會看書，學會不少知識，但每次遇到重要問題都抓不到重點，我現在也有同樣的感覺了。」隔了一會兒，大魔頭又說：「你聽好了，這是面子和危機管理的問題。」

「面子和……什麼是危機管理？」

「我解釋給你聽。假設現在有一隻貓在虎哥的地盤裡，而且他很不喜歡那隻貓，可是如果那隻貓被其他地盤的貓打傷了，就算虎哥再怎麼不喜歡那隻貓，也一定要找對方報仇。無論住在虎哥地盤上的貓是誰，只要被打傷，就跟虎哥被打傷一樣，所以虎哥不可能坐視不管。這就是所謂的面子。至於危機管理嘛……也就是說……」

說到這裡，大魔頭抬頭望向天空，接著轉頭看我，開口說：

「當虎哥地盤裡有貓受傷，虎哥卻裝作不知道的樣子，對方就會認為虎哥不過是隻紙老虎。說不定還會想要進攻，把虎哥的地盤搶過來。雖說虎哥不可能打輸，但凡事總有萬一，要是不小心輸掉，香港飯店的春捲與燒賣也會被對方搶走。不想輸的方法不是只有打贏而已，避免引起戰爭也是不想輸的方法之一。這就是危機管理。」

「原來是這麼一回事……」

我忍不住想，這下問題大了……

我再次走到大魔頭的狗屋前，探頭往裡看，剛好看到熟睡的米克斯抖動了一下他的後腳。

7

打算回家的阿里和蕎麥麵店三毛貓的名字

我在考慮要不要將可多樂的計畫告訴阿里。

如果告訴阿里，他一定會去跟普拉多和恰克通風報信；可是，如果不說，我等於是對他隱瞞了重要的事情。就算告訴他，我也要先想好如何說服他不跟兩個哥哥說才行。

米克斯回來的那一天，阿里一大早就出去散步，到傍晚還沒回來。

到了晚上，我走進日野先生家的書房，發現阿里回來了。

「你去哪裡了？」我問他。

阿里尷尬的笑著回答：「去了柴又一趟……」

果然不出我所料，他又去看餅乾了。

看可多樂正在椅子上睡覺，我小聲對阿里說：「我有事跟你說……」說完便走出書房，穿過走廊，在廚房等阿里過來。

我將米克斯回來的事情，以及可多樂的計畫一五一十的告訴阿里。

阿里靜靜聽我說完才擔憂的說：「這事情不好收拾啊……」

接著，就突然起身說：「我臨時想起了一件很重要的事，我出去一下。」

我知道他要去跟他哥哥通風報信，故意問他：「你有什麼重要的事？」

「不，其實也沒什麼重要的，就是一件小事。」

阿里根本就是在敷衍我，他果然是要去市川找普拉多和恰克，告訴他們可多樂的計畫。於是我故意戳破他：「你該不會是想回家吧？」

「你說什麼？回家？回哪裡的家？我現在的家在這裡呀！」

阿里還在繼續裝傻。

「別跟我裝傻，你想去跟普拉多和恰克通風報信，對吧？」

「你到底在說什麼？什麼通風報信？」阿里打算裝傻到底。

我一言不發的盯著阿里的眼睛，不一會兒，阿里認輸了。

「被你發現就沒轍了，沒錯，我是要去跟哥哥們通風報信。上次惡霸狗鬧事時，虎大還特地到市川幫忙，這次虎大若想大幹一場，我們絕對不可能坐視不管。不，仔細想想，這事還不到虎大出馬的地步，我們兄弟來解決就夠了。只要普拉多大哥一聲令下，市川、松戶的三千貓族……」

不等阿里說完，我立刻打斷他：「千萬不要，阿里，如此一來會變成兩邊的戰爭啊！」

「就是要跟他們開戰啊！有什麼不對嗎？」

看著阿里一臉理所當然的樣子，我趕緊勸他：「要是真的開戰，不只是打傷米克斯的貓，也會牽連其他無辜貓族啊。」

不過，阿里絲毫不打算放棄。「無辜？這世上哪有無辜的貓？像我現在住在這裡，受虎大的照顧，只要是跟虎大有關的事就是我的事；只要是我的事，就是普拉多大哥和恰克二哥的事；與我們龍虎三兄弟有關的事，就是市川、松戶三千貓族的事。」

「你這個想法太莽撞了。」

阿里不顧我的勸說，丟下一句「那就先這樣，我先走了」便往廚房門外走。

我趕緊攔住阿里。

「阿里，等一等。我認為可多樂有他自己的作戰計畫，在還不知道他的策略前就找一大堆貓族來助陣，這樣只會增加可多樂的麻煩而已。」

為了成功阻止阿里回去通風報信，我早就想好這個說法。

看來我的心思沒有白費，阿里一聽便回頭說：「你說得對。」

「聽我的就對了，先靜觀其變吧！」我對阿里說。

「嗯，我知道了，我一定會聽虎大說的話，執行他的作戰計畫。」說完後，阿里便從小門走出去。

我離開日野先生家，穿過籬笆，來到小川先生家的庭院。

月光照射在水池裡，發出銀色光芒。

大魔頭趴在狗屋外面睡覺。

我走到大魔頭身邊，小聲的問：「米克斯呢？」

「還在睡，他真的累癱了。」

大魔頭爬了起來，走到白天我們說話的池畔，他似乎想找我去那裡商量事情。

我跟在大魔頭身後，坐在平坦的石頭上。

大魔頭率先開口：「你想阻止虎哥嗎？」

「是的。」我點點頭。

大魔頭坐在石頭前方說：「我這輩子沒離開過這個院子，你在外面要做什麼，我完全幫不上忙。但你有任何事都能找我商量。我希望盡一切力量避免戰爭，和平解決才是最好的方法。」

「那當然。不過，在還不知道是誰打傷米克斯之前，根本沒辦法和平解決。這事還是得問米克斯……」

大魔頭輕輕搖了搖頭，對我說：「我白天不是說過了嗎？米克斯不可能說的。」

「說得也是……」我嘆了一口氣，大魔頭接著說：「如果米克斯不說，我們就要自己想辦法找出凶手，還要考慮接下來該怎麼做。」

「可是，怎麼可能找得到？」

「那可說不定。」

「怎麼說？難道你心裡有底，知道是誰嗎？」我忍不住問。

「不，我還不知道是誰，但大概知道是哪裡的貓。」

大魔頭的話讓我忍不住往前探身。

「什麼？大魔頭，你知道是哪裡的貓？」

「只要稍微想一下就知道了。」

「是嗎？」我驚訝的問。

「嗯，事情真的沒那麼複雜。你想想，米克斯沒事的時候會去哪裡？有事的時候會去哪裡？假設他沒有特定目的，還走出阿虎的地盤到遠方去，那麼我們確實無法知道米克斯的行蹤。不過，如果是有事情要處理，只要知道是什麼事，就能釐清他的去向。現在要了解的就是米克斯到遠方去做了什麼事。」

「用說的很簡單，真的要找出來就……米克斯會去的地方啊……」說到一半，我突然想起白天與櫻桃的對話……

「會呀，我自己在這裡玩，他就從圍牆跳下來，問是不是只有我自己一個。然後他會跟我聊天，教我蚱蜢的事，還會帶好吃的東西給我吃。」

我靈機一動，不由得驚呼：「啊！該不會……」

大魔頭點點頭說：「我也是這麼想，我認為他一定是去看自己的兒子。不過，如果是去柴又，那裡是虎哥的地盤，米克斯不可能被打傷。因此，最有可能的地方就是……」

大魔頭說到這裡就停了。

我接著說：「是奧戶。米克斯去了奧戶。可是，米克斯應該不知道好運被送到哪裡去了，因為我也不知道。」

「奧戶遠雖遠，但畢竟在葛飾區，一天可以來回，如果知道在哪裡，根本不用去那麼久。他就是不知道確切地點，才會花好幾天仔細搜索，才會跟奧戶的貓打架。」大魔頭仔細分析著。

「沒錯，一定是這樣。凶手一定是奧戶的貓。」

雖然知道凶手是奧戶的貓還是無濟於事，但我依舊感覺事情露出了曙光。不知道奧戶一帶有多少隻貓？

正當我心中燃起一絲希望，大魔頭對我說：「要是找出傷害米克斯的凶手是誰，你打算怎麼做？」

「當然是要對方跟米克斯道歉，讓他們在可多樂面前和好。」

「嗯，這是最好的方法。不過，若是當事人不肯和好，旁人在那邊看不下去，跳下去硬逼他們和好也沒用。小魯，我問你，如果你知道對方是誰，你打算怎麼讓他道歉？」

「在沒找出凶手之前，我還不知道要怎麼做。要是對方不認為自己有錯，他可能也不會道歉吧！」

「說得也是。」

「是啊，不過俗話說『坐而言，不如起而行』，我相信事情一定有辦法解決的。」

「坐而言，不如起而行」這句話也是《口袋版諺語辭典》裡的諺語，意思是與其事前擔憂，不如實際去做，會發現事情比想像中簡單得多。

我決定親自到奧戶走一趟。

為了達成這個目的，我得到日野先生的書房查一下《東京分區地圖》才行，可是如果可多樂在書房裡，看到我從書架上拿出《東京分區地圖》，他一定會問我看那個做什麼，說不定還會搶先一步採取行動。

我是在跟大魔頭聊天的過程中才發現凶手是奧戶的貓，但可多樂恐怕早就知道了。我猜想可多樂知道以後，最遲明天一定會出發去奧戶，尋找打傷米克斯的凶手。

真希望我還有一天的時間可以準備……

正當我這麼想的時候，看到可多樂與阿里在月光下穿過籬笆，往我跟大魔頭身邊走來。

可多樂問大魔頭：「米克斯醒來了嗎？」

「還沒。」大魔頭接著又說：「虎哥，我剛剛在跟小魯說……」

「不行，大魔頭，不可以說……」雖然我立刻出聲制止，但大魔頭完全不理我，他把我要做的事全部告訴可多樂。

可多樂聽完後說：「對方不可能那麼容易就道歉，再說，我也不能讓小魯去做這麼危險的事情。」他的反應完全在我的意料之中。

大魔頭也接著說：「你說得也許沒錯，不過，你仔細想想，米克斯在跟你建立交情之前，他是先跟小魯變成好朋友的。若說誰最適合出面處理米克斯受傷的事，我認為小魯比你更適合去報仇，更適合找出凶手，要他向米克斯道歉。」

「嗯，你說得沒錯。」聽完大魔頭的說法，可多樂點點頭。不過，他接著又說：「既然如此，我跟小魯去。」

「這可不行，要是你跟著去，一定會在尋找過程中將每一隻奧戶的貓抓起來，然後逼問他：『還不快招，這附近有沒有跟外地來的雙色貓打架的傢伙，你要是不老實供出來是誰，有你好看的！』就算對方真的不知道，你也會用各種方式讓對方招供。如此一來，就會打壞小魯的計畫。」大魔頭阻止他。

大魔頭不愧是可多樂的老朋友，很了解可多樂的個性。

大魔頭接著說：「我看暫時就先讓小魯去處理吧！畢竟小魯足智多謀，會使出魔鬼也想不到的計謀，他一定有辦法解決的。再說，你也不能一直把小魯當小孩看，俗話說得好，『不打不成器』啊！」

這也是《口袋版諺語辭典》裡的諺語。意思是真為小孩著想的話，千萬不能過度寵溺，讓小孩吃點苦才會成長。

雖然大魔頭說了這麼多，可多樂還是沒有要讓步的意思。

「讓小魯自己去，到時候要是出事了怎麼辦？」

「嗯，小魯很可能會遭遇到跟米克斯一樣的下場，但這也是沒辦法的事情。再說，他只要被傷到一根汗毛，到時候……」

大魔頭話都還沒說完，阿里立刻搶著接話：「到時候我一定會率領市川和松戶的三千貓族大舉進攻！」

可多樂瞄了一眼阿里，轉頭對大魔頭說：「你說得對，就這樣辦吧！」接著又對我說：「小魯，只要發現不對勁，一定要立刻回來。你若能答應這一點，我就暫時放手讓你自己去。」

「知道了，我答應你。那我明天一早就出發。」我說完之後，隱約覺得好像忘了什麼重要的事。

到底是什麼事呢？喔，我想起來了，是蕎麥麵店的三毛貓。我忘記問可多樂，蕎麥麵店的三毛貓叫什麼名字。現在好不容易想起來，我趕緊問：

「可多樂，我想問你另外一件事情，蕎麥麵店的三毛貓叫什麼名字？」

「蕎麥麵店的三毛嗎？他叫米奇。」可多樂說完後，阿里忍不住說：「他明明是貓，卻取米老鼠的名字？」

可多樂也笑著說：「仔細想想真的很怪。」

阿里接著問：「那隻叫米奇的三毛貓，是一隻什麼樣的貓？」

「車站附近不是有一間蕎麥麵店嗎？他是那間店養的貓，大家都叫他『廣播電臺』，他喜歡四處散播謠言，而且一定會加油添醋。不只會把貓說成老虎，老鼠也能說成龍。」

「原來是這樣啊，廣播電臺啊……」阿里喃喃的說：「廣播電臺的電波可以發射到很遠的地方……」

廣播電臺確實可以將電波發射到很遠的地方，但那個時候，我還不清楚阿里為什麼要這麼說。

8

自曝在江户川堤散步結果被蛇咬的米克斯和過來送我的阿里

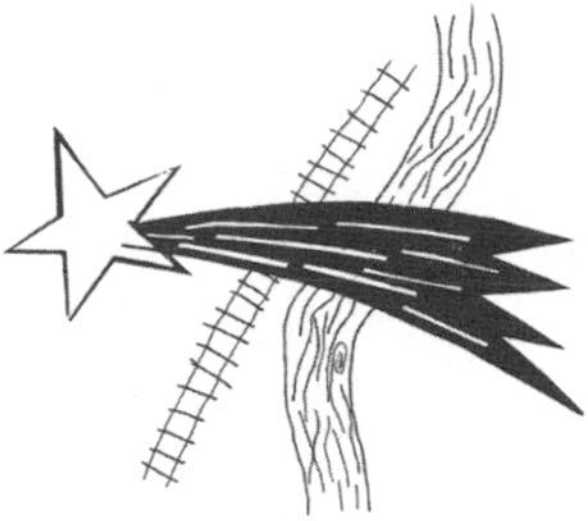

當天晚上，日野先生比平時更早一點回家。由於日野先生一回家就進書房寫東西，我、可多樂和阿里只好退到客廳去。

吃完幫傭婆婆親手準備的晚餐後，天色已經很晚了。可多樂說：「我去外面散散步，順便幫助消化。」

「我也要去。」我說。

可多樂停下腳步對我說：

「你明天還有很重要的事情要辦，今天就不要出去玩了，好好休息吧！」

可多樂說得很有道理，我決定今晚不出去散步了。

「米克斯醒來了。」不久後，可多樂帶回來這個消息，說完便躺在客廳沙發上睡著了。我也跟阿里一起睡在沙發上。

早上醒來，我發現可多樂和阿里都不見了。廚房傳來幫傭婆婆的聲音，走過去一看，婆婆正在餵可多樂吃早餐。

我走到可多樂身邊問他：「阿里呢？」

可多樂吃了一口鮪魚貓罐頭說：「他天一亮就出門了。」

「該不會是回市川了吧？」我說。

「應該不是，因為他說他睡不著，出去散步。對了，我剛剛去大魔頭那裡。米克斯已經醒了，所以我問他到底去了哪裡、做了什麼，他說他去江戶川堤散步。我又問他下巴的傷是怎麼回事，他說是被蛇咬的。」

我問可多樂：「你有跟他說我要去奧戶嗎？」

「沒有，我沒說。他如果知道你要去奧戶，一定也會跟著去。如此一來，奧戶的貓就會以為米克斯是帶你回去報仇，讓事情變得更複雜。若是這樣，還不如我去，事情也比較好解決。」

我的想法跟可多樂一樣。

幫傭婆婆看我跟可多樂一大早就一臉嚴肅的在討論著什麼事，不由得擔憂的問：「你們怎麼了？有什麼心事嗎？」

於是我開始裝可愛，對婆婆撒嬌的喵了幾聲，接著低頭吃了一口鮪魚貓罐頭。我的碗就放在可多樂的碗旁邊。早已吃完早餐的可多樂，坐在一旁等我吃完。我吞下最後一口鮪魚，伸出舌頭舔乾淨嘴角四周。

可多樂緩緩對我說：「小魯，老實告訴你，我昨天晚上去了一趟公車道對面，跟負責管理那區的老大貓『布朗』打了聲招呼。我告訴他明天會有一隻叫魯道夫的黑貓經過，請他多多關照。我跟布朗是有多年交情的老朋友，我們兩邊的貓經常互相往來，只要到對方地盤不做壞事，通常都睜一隻眼，閉一隻眼。我相信布朗不會想與我為敵，而且跟我維持良好關係，也能確保他的地盤東邊平安無事。到奧戶一定會經過布朗的地盤，所以我先去幫你打好通關。出了布朗的地盤，才是考驗的開始。」

可多樂說到這裡，靜靜看著我，接著說：「小魯，你知道新中川那條河嗎？」

我點點頭，可多樂又說：「布朗的地盤只到新中川，河的對岸就是奧戶。那一帶經常換老大。之前的老大是一隻雙色貓，名字叫『天狼星』，但聽說他的位子被另一隻白貓搶走了，就連布朗也不清楚那隻白貓的底細，只知道現在的老大是一隻白貓而已。你的目的只是想要讓打傷米克斯的凶手道歉，但對那隻白貓而言，這件事關乎到他的面子，所以對方可能不會那麼輕易道歉。總而言之，一發現苗頭不對，你就要立刻回來，知道嗎？」

「我知道了。」

聽到我的保證，可多樂接著問：「告訴我，你打算怎麼做？」

「我沒有任何打算。」我回答。

可多樂深深的看了我一眼，最後小聲的說：「嗯，也好。」

不一會兒，可多樂再次開口：「我送你到公車道那裡。」

可多樂打算陪我到布朗老大的地盤邊界，於是我們一起走出日野先生家。出門時我看了一眼小川先生家的庭院，從籬笆縫隙看到米克斯。他好像正在吃大魔頭的早餐，整顆頭埋在大魔頭的碗裡。

我們穿越鐵路，往公車道前進的途中，看到阿里朝我們走來。他一看到我，立刻跑過來對我說：「我剛剛一直在公車道那邊等，想目送小哥，等好久都不見你來，特地跑來接你。」

可多樂和阿里陪著我一起走到公車道對面。

可多樂的地盤邊界在過了公車道，稍微往前一點的地方；我平常的活動範圍不會超過公車道，今天是我走得最遠的一次。

越過公車道，走到第二個十字路口時，一隻棕色大貓站在路邊看著我們。可多樂在我耳邊小聲的說：「他就是布朗。」

我走到布朗身邊，布朗看了我一眼，然後問可多樂：「他就是魯道夫嗎？」

「沒錯，他就是魯道夫，請你多多關照。」

布朗轉頭對我說：「我們走吧！」說完便往前走。

我跟可多樂和阿里說：「我一定會盡快回去的。」

我跟在布朗身後走，從那個十字路口到新中川並不遠。若以人類取的地名為界，從橋頭前面開始就是奧戶，但貓的地盤跟人

類取的地名無關，布朗的地盤到新中川為止。

我們走到橫跨新中川的橋中央，一路上沒說過一句話的布朗停了下來，對我說：「我只能送你到這裡。」

「謝謝你。」我也停下腳步，向布朗道謝。

「久仰你的大名，很高興能見到你。以後歡迎常常來玩。聽說你是從很遠的地方過來，遇到杜賓犬這種強大對手也不退讓，真是條漢子啊！」布朗說。

杜賓犬是一種凶猛的大型犬。

「哪裡，你太客氣了……」

布朗接著說：「路上小心。我沒跟杜賓犬交過手，但對抗一隻杜賓犬與跟一大群貓對打，是完全不一樣的情形。」

我點頭對布朗說好，然後繼續往前走。但心裡忍不住擔心，我剛剛說好，他會不會以為我承認自己曾經跟杜賓犬打過架？

我走到橋的另一頭，回頭一看，布朗還站在原地看著我。

我走下斜坡，繼續往前走。

9

突然現身的貓老大和同時鬆了一口氣

過了橋，再往前走一會兒，來到一條車來人往十分熱鬧的大馬路，此時我開始覺得不太對勁。

這裡沒有貓，不，這裡不可能沒有貓，應該說我沒有看見任何一隻貓。

這一路走來我不時抬頭查看民宅的圍牆與屋頂，都沒有看到貓的蹤影。

再這樣下去，別說找到傷

害米克斯的凶手，搞不好我沒遇到半隻貓就得回去了。就在我這麼想的時候，前面出現一座很大的公園，還有一棟長得很像體育館的建築物。

就在此時，前方十字路口右邊，出現一隻黑白雙色貓，正朝公園走去。

我趕緊加快腳步，追上那隻雙色貓。

那隻雙色貓回頭看到我，立刻拔腿狂奔。

好不容易遇到一隻貓，如果能跟他說上話，說不定可以找到什麼線索。

我也加快腳步緊追在後。

雙色貓再次加快了速度，但我發覺他的跑步姿

勢很不尋常。

當貓在追趕別的動物或想逃離危險時，跑步速度會特別快，那隻雙色貓就是以這樣的速度往前狂奔。那隻雙色貓的前方沒有任何貓或動物，因此他不是在追趕別的動物，而是在躲避我的追趕。

他如果不是心虛，就是知道什麼祕密，於是我使盡全力，加快腳步追上去。

雙色貓躲進公園，我也追到公園裡。

雙色貓突然停下，站在附近的飲水區前，回頭看著我。

我也跟著停下腳步，慢慢接近雙色貓。

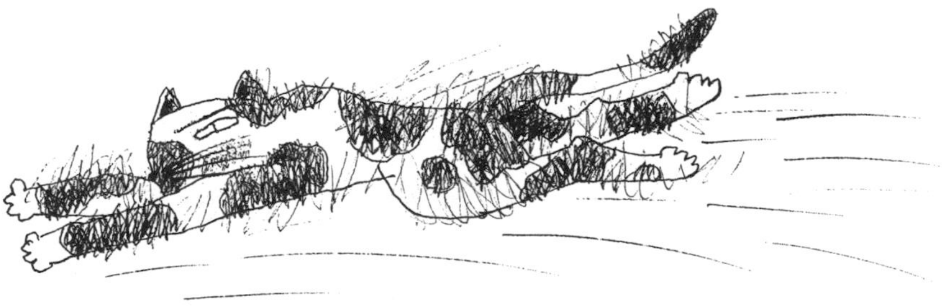

說時遲那時快，我身後傳來一陣母貓說話的聲音：

「你還真有種，敢單槍匹馬來搶奪我的島嶼！」

我回頭一看，公園入口有一隻白色長毛貓。看起來像是波斯貓，或是帶有波斯貓血統的貓。

島嶼就是地盤的意思。

我想跟對方說明我不是來搶地盤，於是轉身往她的方向走去。沒想到才一轉身，一群貓就從樹的後面、花壇底下以及飲水區後方紛紛跳出來。

我沒有仔細計算對方有多少隻貓，但至少超過二十隻。

直到現在我才察覺到，出現在十字路口的那隻雙色貓，其實是將我引進公園的誘餌。這樣也好，我可以省下不少尋找的時間與心力，一次向這麼多貓打聽消息。

話說回來，我沒料到貓老大竟然是隻母貓。更令我不解的是，安排這麼多貓埋伏，代表她早就知道我要來，為什麼她會知道呢？

我往前踏出一步，沒想到那隻白貓竟對我說：

「你就是魯道夫嗎？聽說你只要一現身，任何狗都會嚇到夾著尾巴逃跑，我還正想見見你的廬山真面目，沒想到你只是一隻少爺貓啊！」

我不知道那隻白貓為什要這麼說，她不只知道我要來，連我叫什麼名字也知道。我還不知該如何回應這突如其來的發展，那隻白貓又繼續說：

「從你剛剛經過的河邊開始，這一帶都是天狼星的地盤。天狼星現在生病，正在你地盤上的獸醫院休養。我是天狼星的妹妹，這段期間由我保護這座島嶼。我猜你一定是從哪裡聽到這座島嶼現在是由我這個妹妹守護，就以為女性比較好對付，可以輕易奪下，才會一派輕鬆的跑來這裡。你以為我會乖乖將天狼星的島嶼送給你嗎？別癡人說夢了！」

我完全聽不懂她在說什麼。只知道天狼星以前是這裡的老大，這隻白貓搶走了老大的位置，才會換人管理。再說，我也不是來搶地盤的，一定要趕快說清楚才行，否則事情恐怕會一發不可收拾。於是我趕緊解釋：

「你誤會了，我是有事想請教……」

話還沒說完，那隻白色母貓便大聲喝斥：

「住嘴！我知道你想問什麼，你是不是想問我，願不願意將整座島嶼交給你？別傻了！我不會答應的。不要以為我白雪公主好欺負！」

白雪公主就是英文的「Princess Snow White」，她的毛像雪一樣白，真是一個名符其實的好名字……咦？我在幹麼，現在可不是感動的時候！

看到白雪公主這麼生氣，我更想趕緊說明清楚。

「你真的誤會了，我不是來搶地盤的……」

才說到這裡，白雪公主又打斷了我的話。

「剛開始派刺客來，打傷我這裡的貓，接著再單槍匹馬出面交涉，展現氣度。要是我不從，你就要派自己地盤裡的手下，以及市川、松戶的貓族入侵，盡全力搶奪這座島嶼。什麼三千大軍，別吹牛了，我看最多不超過三百吧！」

我大概聽懂她想表達的意思了。她說的刺客應該是米克斯，市川、松戶的貓族指的是阿里他們，看來白雪公主真的誤會了。

我還在想該怎麼解開這場誤會，白雪公主接著又說：

「一般的貓聽到三千大軍進攻，可能會嚇得躲起來。但現在這裡的每一隻貓，都是以一擋百的勇士，就算戰死沙場也會化身厲鬼貓，保護天狼星的島嶼。就算戰敗，也會讓你付出很大的代價。我一定會讓虎哥那傢伙後悔當初對我們出手！」然後她又極盡可能的恐嚇我：

「這附近有一家木材行，那隻引誘你進來的貓就是那家木材行養的貓，也是天狼星的左右手。他會在這裡將你揍到爬不起來，再用木材行的電鋸斬下你的首級，放在新中川橋上，向虎哥宣示我們不會束手就擒的決心！聽說你傍晚之前沒回去，談判就算破裂，看來，不能讓虎哥久等啊！」

眼看再解釋下去也沒用，不管我說什麼，白雪公主完全聽不進去。不過，我也不能任憑他們用電鋸斬下我的腦袋。

既然事情到了這個地步，我一定要說些什麼，強迫對方跟我對話。

我回想起剛剛白雪公主說的話，便改以粗野的口吻說：

「喔，這樣啊！有本事拿我的首級就儘管放馬過來，老子這次來就沒想過要回去。看來你也聽說過虎哥的名號，虎哥對我的恩情無以為報，為了老大，老子這條命死幾遍都不足惜。不過，你給老子聽好，當你把老子的首級放在新中川橋上，一個小時後你哥哥天狼星在獸醫院的籠子裡會發生什麼事，那就不是我能管的了。」

我很確信天狼星住的就是小雪家的獸醫院，因為那家獸醫院的地盤很廣，不，不是，是各地方的飼主都會帶他們的寵物到那裡就醫。有些住在奧戶的飼主，也會帶他們的寵物過來。正因為這個緣故，好運才會由住在奧戶的人家領養。

「你說什麼……」

我看得出白雪公主內心正在動搖，必須趁這個機會一舉擊垮她，就在此時，我想到一個很好的計謀。不過，前提是天狼星必須真的住在小雪家的獸醫院，也就是「家庭寵物醫院」裡，這個計謀才行得通。

我的心撲通撲通跳著，緊張到心臟幾乎快從喉嚨裡跳出來，用孤注一擲的決心問：

「喂，你哥哥住的獸醫院是不是叫『家庭寵物醫院』？」

白雪公主聽了不禁往後退一步。

我猜對了！我接著說：

「老子跟虎哥是那家獸醫院的熟面孔，每天隨意進出，要是你不相信，就去問問最近才送到這裡來，一隻名叫好運的小貓。好運的媽媽就是獸醫養的寵物貓。」

白雪公主對雙色貓使了一個眼色，雙色貓又對旁邊的虎斑貓說了幾句悄悄話，虎斑貓接著在雙色貓耳邊回了幾句，雙色貓才對白雪公主點了點頭。

白雪公主向雙色貓確認：「好運在這裡嗎？」

「沒有，他還算是小貓，所以沒讓他來。我把他交給前陣子受重傷，今天沒辦法來的三月照顧。」

雙色貓說完後，白雪公主深吸一口氣，對我說：

「要是天狼星有什麼不測，好運也別想活！」

太好了，這下子不用特地去找，我已經知道好運的下落了。

「這就難說了，好運原本是我那裡的母貓生的小孩，但他現在已經是這座島嶼的貓了，我有說錯嗎？你捨得殺自己手下的貓嗎？」我說。

白雪公主頓時說不出話來。

我沒給她機會喘息，加把勁繼續說：

「別再做無謂的掙扎，你斬不了老子的首級。」

「還用你說！」白雪公主低聲回了一句。

我忍不住在心裡大聲歡呼。

大魔頭說得對，我真的會使出魔鬼也想不到的計謀。

我不僅與白雪公主談判成功，也知道了好運的下落。

正當我沉浸在喜悅的心情中，白雪公主低頭說：

「好吧，我絕不能讓哥哥天狼星有生命危險，所以我會將這座島嶼獻給虎哥。可是你要答應我，你絕對不能動天狼星以及住在這裡的所有貓族一根汗毛，只要你能答應我的條件，我會立刻離開這裡。」

「你不用將地盤拱手讓人，只要讓那隻打傷米克斯的貓——米克斯就是上次來這裡的雙色貓，他在這裡跟你們的貓打架還受傷了。只要讓那隻打傷米克斯的貓去向米克斯道歉就行，我不想要你的地盤……」

說完後，我發現自己說話又變文雅了。

「你說什麼？」白雪公主驚訝的抬起頭來。

我趕緊補充：「當然，如果米克斯有錯，米克斯也會向對方道歉……」

白雪公主盯著我的臉看了一會兒，接著大聲喝斥在她旁邊的雙色貓：

「是哪個蠢蛋竟然到處散播謠言！說什麼虎哥想搶奪我們的島嶼，所以派他的兄弟來？把那個蠢蛋給我帶過來！」

那隻雙色貓縮著頭說：「……就是米店的阿米，他已經躲起來了，不在這裡……」

白雪公主大大的鬆了一口氣。

此時聚集在公園裡的貓更多了，原本埋伏在各地，想要引誘我的貓，現在統統聚集在這裡。

無論是一開始就在這裡的貓，還是陸續聚集過來的貓，所有的貓都在這一刻大大鬆了一口氣。

10

大家的說法和牛排派對

簡單來說，這次的事件就是我和米克斯、可多樂、阿里各自盤算、各自行動後，產生的錯綜複雜結果。

可多樂跟米克斯說：

「都是你一句話也不說就消失一個星期，好不容易盼到你回來，竟然受傷了。還撒謊騙我們，說是在江戶川堤閒晃時被蛇咬，害小魯差一點就要被別人用電鋸斬首了。」

米克斯也不服氣的跟可多樂回嘴：

「我要到哪裡做什麼事是我的自由，我跟別人打架是輸是贏也是我的事。我是住在你的地盤裡沒錯，但我沒必要什麼事都向你報告，我在外面打架不關你的事。不過，讓大家為我擔心，為我做這麼多事，我也覺得自己不對，對不起。」

阿里也承認，是他利用蕎麥麵店的三毛貓「米奇」到處散播不實謠言。阿里對大家說：

「用爪子互抓或張開大嘴互咬的方式爭奪地盤實在太野蠻了，事前先打情報戰，不花一兵一卒取得勝利才是上策。換句話說，就是要先讓他們以為會有前所未見的大軍來襲，讓他們害怕，最後主動投降。雖然這次小哥收服白雪公主不是因為我的情報戰，而是他那膽大妄為，連魔鬼也想不到的計謀奏效。誰能想到他連住院中的貓都拿出來要脅，這完全違反了貓的品格。明明知道他不會這麼做，卻裝出一副『我就是會這麼做』的樣子，讓對方束手無策。不過，不管怎樣，我的作戰方式並沒有錯。」

阿里接著又對米克斯說：

「米哥也真是的，喔，不行，你不喜歡我叫你米哥，那我改稱呼你米克斯先生。米克斯先生你明明就想看自己的小孩，擔心他過得好不好，卻因為害羞或怕丟臉，偷偷摸摸的做一些莫名其妙的事情，才會造成這個結果。真是會找麻煩啊！」

米克斯也不甘示弱的說：

「幹麼叫我米克斯先生啦！我才不要這種做作的稱呼，還是叫我米哥吧。先不管稱呼的問題，我要怎麼對待自己的小孩是我的事。我也不是冷漠無情，毫不關心自己的兒子。無論是寵物貓或流浪貓，遲早都要獨立，與其過度保護，讓他自己成長才是最好的方法。但我也不是完全不關心他，我偶爾會去看他，像這次我就是想知道好運過得好不好，才會做出這樣的事情，誰知道會是這個結果！」

另一方面，打傷米克斯的三月又是個什麼說法呢？根據白雪公主後來轉述，三月表示：

「我們家隔壁的花店，領養了一隻可愛的小貓。過了一陣子，我聽說有一隻形跡可疑的貓到處在打探那隻花店貓的消息，於是我主動去找那隻可疑的貓。後來在幼兒園的屋頂發現一隻從未見過的雙色貓正四處張望，所以我爬上屋頂詢問對方：

『喂，我從來沒在這附近看過你，你在這裡做什麼？』

他竟然嗆我：

『少囉嗦，我想在哪裡做什麼是我的自由，你有什麼問題！』

『我就是有問題才來找你！』

說時遲那時快，我立刻跳起來撲向他，沒想到他也是個練家子，對我使出後絞頸招式。我想掙脫他的箝制，用爪子抓了他的下巴，沒想到就在我們扭打的過程中，不小心從屋頂摔下來；偏偏我倒楣在下面，頭部先著地，強烈的撞擊讓我連翻身都沒辦法。對方掉下來時壓在我身上，傷勢並不嚴重，之後就立刻跑掉了。唉，現在回頭想想，要是我當初說話客氣一點，就不至於打架了。關於這一點，我覺得很抱歉。」

聽完白雪公主轉述三月的說法，可多樂問米克斯：

「事情是這樣嗎？」

米克斯說：

「嗯，大概就是這麼一回事。仔細想想，當時我要是說出好運的事情，或許就不會有後面的結果了。我找了好幾天都沒找到好運，全身精疲力盡，情緒也很焦躁，才會忍不住回嘴，最後還打起架來。我很幸運只受輕傷，但三月因為我的關係受傷，是不爭的事實，我最近會找一天去向他道歉。」

米克斯受傷後還在那裡找了好幾天，最後終於在花店門口找到玩得很開心的好運，但他不想讓好運看到自己受傷的樣子，怕

好運擔心他，所以沒出聲打招呼就離開了。

這一切都是我回來的那一天，大家聚集在小川先生家的庭院裡一起說的話。

後來那天，白雪公主送我到橫跨新中川的橋上，可多樂和布朗早就在那裡等我了，難得大家有機會見面，於是決定一起去探望天狼星。我就這樣跟著三位各據一方的老大們前往家庭寵物醫院。後來白雪公主也跟著我們回到小川先生家，並在庭院裡向大家轉述三月的說法。

我想稍微描述一下當天去獸醫院的情形。我平常去獸醫院時，不會進入住院病房。去探望天狼星的那一天，是我第一次走進住院病房，住院中的動物們都在籠子裡。

可多樂以前曾說，天狼星是一隻雙色貓。其實他是一隻灰色短毛貓，尾巴很長，身體比白雪公主小一點。簡單來說，他跟白雪公主長得一點都不像。可能一個長得像爸爸，一個長得像媽媽吧！

探望完天狼星後，傍晚，大家在小川先生家的庭院裡舉辦派對。不只米克斯和小雪來了，阿里也帶著米奇一起來，大家慢慢吃著大魔頭提供的晚餐，天南地北的聊天。

總之，大概就是這麼一回事。

正巧當天大魔頭的晚餐是牛排，大魔頭一口也沒吃，全部分給我們。

大魔頭聽完大家的意見與說法後，開口說道：

「我不是貓，所以不太了解。不過，我覺得大家的說法裡，都有一些推託之詞。姑且不論這一點，這次最令人敬佩的是白雪公主。」

聽完大魔頭的話，阿里深感共鳴，用力的點點頭，接著說：

「女性的毅力比男性強，要用假情報嚇退女性並不容易。」

當事者白雪公主只在一旁聽大家說自己的想法，完全不表達自己的意見，就連大魔頭稱讚她時，也只是說：「哪裡，大家客氣了。」接著她以充滿女性風格的語氣說：

「若要說令人敬佩，我覺得單槍匹馬到我地盤上找好運的小魯，才是真英雄。而且，那個時候的小魯，嗯，該怎麼說呢，真的很迷人……」

她突然又以極低沉的聲音，擺出氣勢強盛的樣子學我說話：

「看來你也聽說過虎哥的名號，虎哥對我的恩情無以為報，為了老大，老子這條命死幾遍都不足惜。」

貓的臉上都長著毛，加上我的毛是黑色的，別人看不出我的情緒反應；如果我的臉上沒有毛的話，大家一定會發現我的臉變成紅色的。

對了，我回來的時候，看到米克斯在日野先生家，全身毛色閃閃發亮，覺得很奇怪。

後來才知道，原來他被幫傭婆婆抓去洗澡，洗完後還用獸醫送的「專為貴婦貓設計的高級潤絲精」試用品幫他潤絲，鬧得雞飛狗跳。

11

不像母子的兩貓和前來求救的小雪

　　地盤相鄰的兩位老大，見面機會相當多，但如果是隔壁的隔壁的地盤的老大，根本沒什麼機會見面；加上白雪公主沒看過江戸川，剛好可以趁著這次的機會去看一看。於是白雪公主臨時決定當天晚上就住在日野先生家。

　　這麼一來，白雪公主便無法立刻回去奧戸；老大突然沒回來，奧戸的貓族一定會很擔心。正巧米克斯想去奧戶，跟當時打架的對手致意。通常在人類社會裡，當兩個人打架時，會請另一個人幫忙居中協調，讓兩人和好，這樣的人稱為「和事佬」。這次米克斯請布朗當「和事貓」，為了爭取時間，一行人開完派對後，布朗便帶著米克斯一同前往白雪公主的地盤。

日野先生當天晚上很晚才回家，一進門發現客廳沙發上坐了一隻體型很大的白色長毛貓，故意裝出一副驚訝的表情，開玩笑的說：「哎呀！這是crow的媽媽嗎？」

日野先生不愧是愛貓人士，沒有被體型蒙騙，一眼就看出白雪公主是公貓還是母貓。話說回來，跟我相比，白雪公主的體型真的很大，加上白雪公主是白色長毛貓，我是黑色短毛貓，我跟白雪公主不僅一點都不像，如果是不懂貓的人看到我們，說不定會認為我們是不同種類的動物。

我跟可多樂說：「我們看起來根本就不像母子……」

沒想到可多樂回我：「那可不一定，要是不知道青蛙與蝌蚪之間的關係，一般人也看不出他們是母子啊！」

「討厭啦！我看起來像是有這麼大的兒子嗎？」白雪公主忍不住抗議。

可多樂趕緊搖搖頭說：「當然不像，再怎麼看也是魯道夫是爸爸，你是女兒啊！」

才不是這樣呢……我正心裡這麼想著，就聽到白雪公主瞇著眼睛說：「就是說嘛！」她的表情讓我住嘴，決定不再爭辯。

到了半夜，米克斯回來了。他告訴我們他已經跟三月和好，也見到好運了。這一天米克斯也留住在日野先生家。

第二天早上，可多樂與白雪公主一起去江戶川堤。

米克斯說：「我去一下帝釋天。」我猜他要去見餅乾。

「那我跟你去。」阿里對他說。

這兩個不知道什麼時候又和好了。

於是家裡只剩下我一個。我吃完早餐後，便到大魔頭家去。

「早安，大魔頭。謝謝你昨天的牛排。」

原本將下巴放在地上的大魔頭，抬起頭來看我。

「是小魯啊，只有你一個？」

「大家都出去了。」

我在大魔頭身邊坐了下來，大魔頭伸長脖子，看了一下籬笆對面說：「白雪公主看起來真厲害。」

「而且體型很大。」我說。

「有些貓體型很大，但中看不中用。」大魔頭說完便站起來，用後腳搔了一下頭，接著說：

「不過，白雪公主是真的很厲害。她的前腳比你粗一倍，而且她的體型大不是因為胖，而是肌肉。要是普通的貓吃一記她的拳頭，再被她的爪子抓臉，一定會立刻投降。真是個不能小看的女性，要小心啊！」

「她也曾出言威脅我，說了很恐怖的話。」

「是嗎？她怎麼說？」

「她說要用木材行的電鋸斬下我的首級。」

「哇，真可怕啊！」雖然大魔頭笑著回答，但我一想到當時的情形，就怎麼也笑不出來。

我在大魔頭那裡打發時間，偶爾跟他聊聊天，偶爾獨自欣賞水池裡的金魚，不知不覺快到中午。

此時，小川先生家的圍

牆上，有一隻灰色動物在走來走去。仔細一看，原來是小雪。

小雪也看到了我，立刻從圍牆跳入庭院，向我走來。

「小魯，你有看到櫻桃嗎？」小雪問。

她的聲音充滿不安，我不禁緊張了起來，趕緊問她：

「櫻桃？我沒看到她，她不見了嗎？」

「是啊，吃完早餐後就沒看到她。」

「吃完早餐後……」我看著天空想了一會兒。

太陽還沒到正南邊，通常獸醫會在看診前，也就是上午九點前，餵他們吃早餐。這麼說來，櫻桃大概失蹤了三個小時。

「櫻桃很少出去外面，我好擔心她。」

小雪說得對，櫻桃幾乎沒離開過獸醫家的庭院。

我問小雪：「附近你都找過了嗎？」

「都找過了。」

小雪的雙眼充滿焦慮，我也越來越不安。

「那我去那邊找找。」我說完便跳上小川先生家的圍牆，再跳下馬路。先到獸醫家，確定櫻桃不在庭院裡，接著以庭院為中心，呈螺旋狀往外擴散搜尋，我一邊叫著櫻桃的名字，一邊找遍附近房子的屋頂、圍牆和道路。

找了大約一個小時，還是找不到櫻桃。

於是我決定先回獸醫家看看狀況，發現小雪已經回到家了。

「找到櫻桃了嗎？」小雪問我，我搖搖頭，喃喃的說：「櫻桃到底去哪裡了？你知道櫻桃會去哪裡嗎？」

小雪想得到的地方，我猜她應該都找過了。

就在此時，獸醫家後門傳來米克斯的聲音。

「里哥，我跟你說，撲鴿子之前一定要先壓低身體……」

接著，我看到米克斯和阿里慢慢從外面走進來。

米克斯稱呼阿里「里哥」，看來他們已經和好如初了。雖然這是好事，但現在櫻桃下落不明，我滿腦子都在想著該怎麼辦。這種時候看到他們倆還在優閒的討論如何抓鴿子，不由得怒火中燒。不只是我，小雪也一肚子火。不，她似乎比我還生氣。

小雪往米克斯和阿里的方向跑去，厲聲大吼：

「你們兩個剛剛去哪裡了？」

「去哪裡？當然是帝釋天啊，順便去看餅乾……」米克斯話還沒說完，就被阿里打斷：「米哥，你說錯了吧！是去看餅乾，順便去帝釋天……」

阿里的話都還沒說完，小雪再度大發雷霆：

「不管哪個都一樣，有什麼差別嗎？」

米克斯被小雪的怒氣嚇到，不由得後退兩、三步，然後問：

「你為什麼這麼生氣？」

我走到米克斯身邊說：「米克斯，櫻桃不見了。」

米克斯看著我問：「不見了？」

「是啊，她今天早上吃完早餐後就不見蹤影。」

阿里忍不住插嘴：「不見蹤影？這到底是怎麼一回事？」

「就是失蹤了啦！」小雪不悅的說。

「我知道她失蹤了，我想說的是她為什麼不見，是不是有什麼原因？」

「我怎麼會知道！」小雪的聲音越來越淒厲，米克斯趕緊說：「你生氣也沒有用啊！既然她不見了，我們就出去找。」

「米克斯說得對，我們先去找找再說吧！小雪，你就待在這裡等櫻桃，要是櫻桃回來了，有人照顧她也比較安心。我們三個分頭去找。」阿里說完後，順勢看向我和米克斯，「小哥、米哥，你們覺得這樣好不好？」

「嗯，就這麼辦吧！」米克斯贊成阿里的意見。

「附近我已經找過了，接下來要往遠處找。」我說。

「既然這樣，小魯，你到江戶川那一帶找。」米克斯對我交代完後，轉頭對阿里說：「里哥，麻煩你到車站那邊找。如果車站附近沒有，就到鐵路對面找找看。我到商店街去找。」

「知道了！」阿里點頭答應。

米克斯立刻轉身跳上圍牆，我和阿里也跟著跳上去，我們在獸醫家玄關前兵分三路，執行櫻桃搜索行動。

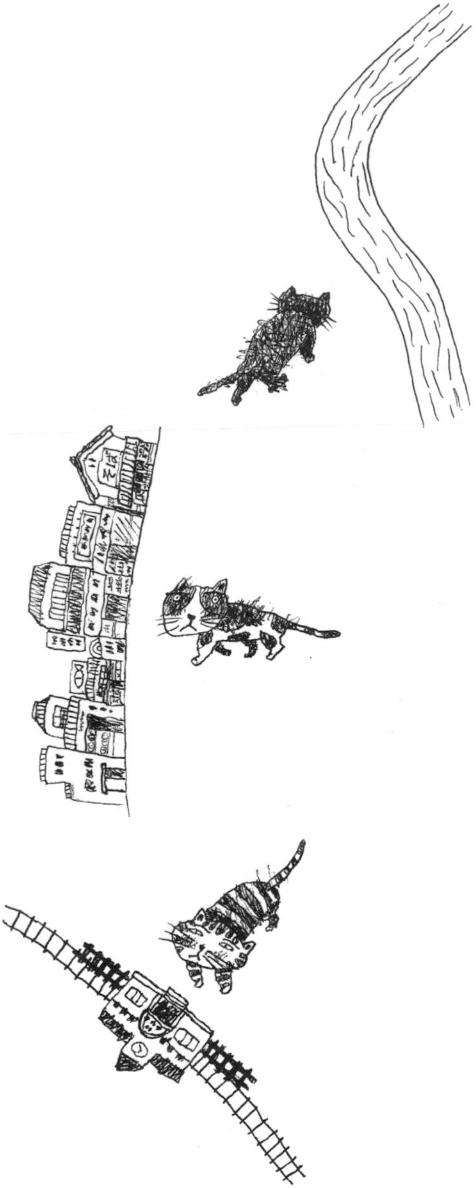

12

太陽很快就下山的秋天和鐵口直斷的大魔頭

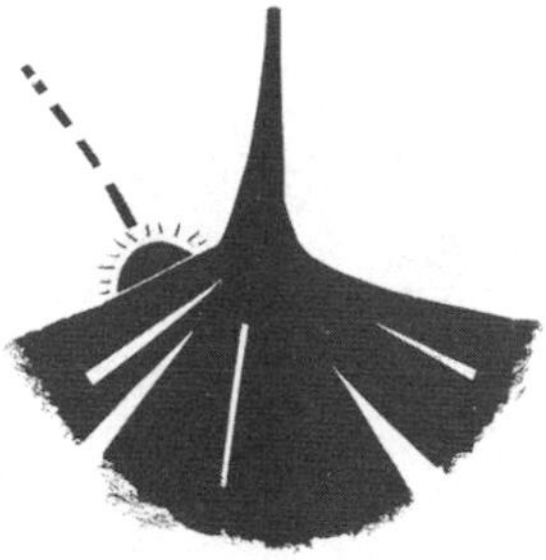

我一邊叫著櫻桃的名字，一邊往江戶川走。

我站在江戶川堤眺望河岸腹地，沒看見櫻桃的身影。不過，倒是在水門附近看到兩隻體型很大的貓。

太好了，那是可多樂和白雪公主！

我趕緊跑到他們身邊，氣喘吁吁的說：

「可、可多樂，櫻桃從一

大早就不見了。你有沒有在這附近看到她？」

「沒有，我沒看到……」可多樂一說完，白雪公主便問可多樂：「櫻桃是誰？」

「她是小雪的孩子，也是跟好運一起出生的三兄妹之一。」

「從名字來看，櫻桃應該是女孩嘍？」白雪公主看起來十分擔憂。

可多樂點點頭，轉頭問我：「你是來這邊找櫻桃的嗎？」

「不只是我，米克斯與阿里也分頭去找了。」我回答。

「這樣啊，還是先回獸醫家一趟，說不定她已經回家了。」

「說得也是，就這麼辦。」

白雪公主點點頭，可多樂率先往前跑，白雪公主跟在可多樂後面，我殿後。

當我們跑回獸醫家，發現櫻桃還沒回來。

「阿里剛剛回來過一趟，然後又出去找了。米克斯還沒回來。」小雪對我說完後，轉頭看著白雪公主。

白雪公主問小雪：「櫻桃是個什麼樣的孩子？我是說毛色之類的外在特徵……」

我搶在小雪之前回答這個問題：「櫻桃長得很像米克斯，體型比米克斯小，大概跟好運差不多大。」

「這樣的話，我看我們還是再分頭出去找一次好了。」白雪公主說。

不過，可多樂立刻出聲阻止：

「等一等，我們繼續像無頭蒼蠅一樣的找也無濟於事。」

可多樂說完後，抬頭看向天空思考。

俗話說秋天的日落總是來得特別快，太陽現在已經西沉。

可多樂喃喃的說：「他不知道還在不在……」接著又問小雪：「你這邊有沒有櫻桃平時用的東西？像是玩具之類的？」

「我有一個她平常會玩的沙包……」

「太好了！我不知道來不來得及。總之，你去拿沙包出來放在玄關前，不管來不來得及，我很快就回來，你們不要到處亂跑，在路邊等我。」

可多樂說完立刻跳上圍牆，跑了出去。

「虎哥不知道要去哪裡？」白雪公主歪著頭說。

小雪說：「不知道是什麼事來不來得及？」

我大概知道可多樂在想什麼，可是一旦說出來，就會讓大家產生期待，如果最後的結果不順利，不就會讓大家失望了嗎？所以我選擇不說。

「雖然不知道可多樂在說什麼，但我要先去拿櫻桃的沙包。」

小雪說完便從貓用小門進入獸醫家。

我跟白雪公主聽從可多樂的指示，走到外面的馬路等他。

不一會兒，小雪叼著一個紅色沙包走出來，放在玄關前。

我們就這樣靜靜等著可多樂。

不知道過了多久，應該頂多十或十五分鐘左右，但我感覺好像有一小時那麼久。

不一會兒，從轉角處傳來女人的聲音。

「小魔，等一等，不是那邊，這邊才是平常散步的路線喔！小、小魔，停下來！等一下，小魔！」

下一秒，大魔頭立刻出現在馬路對面，繫在項圈上的狗鍊在地面拖著，他往我們這裡跑過來。

可多樂跑在大魔頭後面。

過了一會兒，才看到小川家太太上氣不接下氣的追在大魔頭後面跑。

大魔頭狂奔到獸醫家玄關，看著地上的沙包問：「這就是櫻桃的沙包？」

小雪點點頭說：「是的。」

大魔頭低下頭，用力聞了聞沙包。接著到處聞路邊的味道，最後說：「這一邊！」他朝商店街的方向跑去。

可多樂對小雪說：「你在這裡等櫻桃回來，我們去追！」說完便跟著大魔頭追出去。

白雪公主雖然搞不清楚怎麼回事，還是跟著可多樂往外跑。

跟我想的一模一樣。現在正是小川太太帶大魔頭出門散步的時間，可多樂剛剛跑出去就是希望來得及追上大魔頭，這是大魔頭一天之中唯一可以到外面的機會。

若是來得及追上大魔頭，就可以請他過來聞一下櫻桃用過的東西，利用狗敏銳的嗅覺，追蹤櫻桃的去向，希望可以藉此找到櫻桃。

「小、小魔，你要去哪裡，小魔……」

小川太太在最後面邊跑邊追，絲毫沒有放棄的意思。

我也跟在白雪公主後面，追了出去。

跑了一會兒之後，我回頭察看已經不見身影的小川太太，但還是可以聽見遠方傳來她叫著「小魔」的聲音。

大魔頭時不時停下來聞附近的味道，確認味道來源後便繼續往前跑。

大魔頭一開始做這個舉動，白雪公主便明白可多樂的想法。

每次大魔頭往前跑，我、可多樂和白雪公主也跟著往前跑。

最後大魔頭來到米克斯原本住的五金行，現在則是中華料理店的前面，在停車場停下來聞味道。

他一會兒往右、一會兒往左，一會兒來到店門口，用力聞味道。最後大魔頭站在停車場的白線上，對我們說：

「這裡就是櫻桃的味道最後消失的位置。」

中華料理店前有一座可以停四輛車的停車場，大魔頭就站在最左邊兩格停車格之間的白線上。

貓的嗅覺不如狗敏銳，不過，若將鼻子湊近白線上聞，還是可以聞到淡淡的櫻桃的味道。我也仔細觀察四周有沒有從櫻桃身上掉落的毛，但完全沒看到任何一根貓毛。

「櫻桃會不會跑到店裡去了？」我猜測。

大魔頭立刻跑到店門口聞味道，再跑回白線上，肯定的說：

「不，我可以確定她沒有到店裡去。這裡就是櫻桃最後消失的地方。」

13

三個理由和英雄

所有人不發一語，呆呆的站在中華料理店停車場。

過了一會兒，遠方傳來小川太太大聲喊叫的聲音：「小魔！小魔！」

大魔頭往聲音傳過來的方向看了一下，對我們說：「抱歉，我得先走了，我現在能做的只有這些。」

「大魔頭，謝謝你，我欠你一份人情。」可多樂說。

接著，大魔頭朝聲音傳過來的方向大叫「嗚汪嗚汪！」然後跑回小川太太身邊。

日野先生家的幫傭婆婆通常會打開日野先生家客廳裡的特大尺寸電視，看完警探懸疑劇的重播之後才回家。由於這個緣故，我有時候也會跟著幫傭婆婆一起看電視。

我要先為幫傭婆婆的名譽作證，婆婆並沒有偷懶不工作，她都是先將工作做完才看電視劇。日野先生知道婆婆的習慣，才會特地在客廳裝了那臺特大尺寸電視。

話說回來，這類警探懸疑劇經常出現德國狼犬，也就是警犬。警犬會出入犯罪現場，聞犯人留下的味道，再根據味道追緝嫌疑犯。

換句話說，警犬做的事就跟剛剛大魔頭做的一樣。警犬會追蹤味道殘留的方向，如果犯人的味道在某條路的路邊消失，就代表犯人從那裡搭車逃跑。

若是如此，櫻桃也是在中華料理店的停車場搭車不見的。

「我看我們就先回去吧！」

可多樂說完便往回走，白雪公主與我跟在他身後。我們回到獸醫家的庭院時，米克斯和阿里也回來了。

「怎麼樣了？」小雪著急的問。

可多樂神情凝重的對小雪說：「我必須告訴你一個壞消息，櫻桃不知道搭車去哪裡了。」

可多樂將櫻桃的味道消失在中華料理店停車場的事情，一五一十的全部說給小雪聽。

小雪聽完後顫抖著說：「該不會是被人抱走了吧……」

「這一點還不清楚。不過，唯一可以確定的是，櫻桃是自己從家裡走到中華料理店，否則沿路不會留下櫻桃的味道。」可多樂說。

我同意可多樂的看法。

櫻桃應該是自己想要出去，才會走到中華料理店，關鍵在於之後發生的事情。櫻桃為什麼要在停車場搭車呢？

「要是有人強行抓櫻桃上車，櫻桃一定會反抗，那麼櫻桃身上的毛一定會掉落在停車場的地上。但我剛剛仔細找過了，那裡根本沒有貓毛。如果櫻桃真的上車了，她應該是自願上車的。」

我如此推測著。

關於這一點，阿里抱持相反意見：「自願上車？你是說櫻桃自己坐上車嗎？櫻桃雖然很少出門，但她在獸醫家有看過車，知道汽車是做什麼的。她應該知道如果坐上車，車子發動後，就會被載到很遠的地方。」

可多樂看了我一眼說：

「就算是自願上車，也很可能是當下的情況不得不上車，你說對不對，小魯？」

之前我在岐阜就是因為被魚店的老傢伙追，不得不跳上大貨車的載貨臺，才被載來東京。可多樂就是在暗示發生在我身上的事情。

「確實也有這種情形，不過，櫻桃應該不可能會到哪裡偷食物吃吧？商店街魚店的大哥哥如果看到櫻桃，一定會直接給她食物吃才對。」我說。

如果我偷柳葉魚吃的魚店老傢伙是魔鬼，這裡商店街的魚店大哥哥就是天使。雖然同樣是魚店老闆，但他們對待貓的態度截然不同。

「不管怎麼想，我還是不明白櫻桃為什麼想出去？而且偏偏是在今天突然不見……」阿里話還沒說完，一直沉默不語的白雪公主開口說：

「在我們看來她是突然不見，但這種事並非絕對。我不清楚男性怎麼樣，但女性有時候很可能在一瞬間，內心深處像是花開了一樣，思想突然變成熟了，開始有自己的想法。遇到這種時候，就會想去做以前從未做過的事情。」

「是嗎？會發生這種狀況嗎？」阿里看著白雪公主說。

米克斯也轉頭看了一眼白雪公主，並輕輕嘆了口氣說：

「我認為櫻桃不是被人帶走，而是自己走到中華料理店，搭上停在停車場的車。」

「你為什麼這麼認為？是不是知道些什麼？」阿里問。

米克斯輕輕的點點頭。

「嗯，櫻桃去中華料理店的原因有兩個，但她會自願上車的原因只有一個。」

「原因？什麼原因？」可多樂焦急的問出這句話後，似乎發現自己的態度太強硬，於是放緩說話音調，重新再問一次：

「米克斯，到底是什麼樣的原因？」

「我曾經在櫻桃自己玩的時候去看她，應該說，我是從馬路跳上圍牆，看見庭院裡只有她一個，於是跳進庭院跟她說了一些話。我從沒想過事情會變成這樣……」

米克斯說到這裡就停了，可多樂催促他繼續說下去。

「你說你從沒想過事情會變成這樣？這是怎麼一回事？」

「我跟櫻桃描述過我在五金行當寵物貓的生活，還告訴她哪條路通往哪裡；我不只跟她說我自己的事，也跟她說你們所有人的故事。她之所以會去中華料理店，是因為那裡是我曾經待過的五金行。這是原因之一。」

白雪公主輕輕嘆了口氣，喃喃的說：

「她想親眼看看爸爸以前待過的地方。」

米克斯接著說：

「不只如此，還有另一個原因。我從中華料理店帶燒賣給她吃，她非常高興，問我這是從哪裡拿來的，我跟她說那是中華料理店老闆給我的。」

「原來如此，她想自己去要要看啊……」阿里說完後又覺得不對勁，不解的問：「若是這樣，她為什麼要搭車呢？」

白雪公主也點點頭說：「就是說啊！我們現在知道她去中華料理店的原因，但還是不知道她為什麼要搭車。櫻桃自願上車的原因到底是什麼？」

「我剛剛說過，我跟櫻桃說了大家的故事。當然包括小魯……」

聽到米克斯提到我的名字，我的心跳不禁漏了半拍。

「包括小魯從岐阜搭大貨車來這裡的來龍去脈。當時她聽得兩眼發光，直問我：『後來呢？後來呢？』我就跟她說當時的小魯年紀很小，他在貨運公司的停車場下車，遇到虎哥，還跟虎哥說：『怎樣啦！還有什麼事嗎？』

這些事情我全部告訴她了……」米克斯說。

「等等，米克斯，你怎麼知道這些事？」我忍不住打斷他。

「我怎麼知道？當然是……」米克斯欲言又止的看了可多樂一眼。

我也跟著看向可多樂，可多樂說：

「現在最重要的不是米克斯為什麼知道這些事情，而是櫻桃聽了之後有什麼想法。」

可多樂不只說出自己的想法，更轉頭尋求白雪公主的認同：

「你也這麼認為吧？」

「沒錯。我相信櫻桃一定覺得魯道夫好酷，而且我也是這麼認為。」白雪公主回答。

想起自己第一次見到可多樂時，心裡其實怕得要死，一點都不酷。

「才不是……」我的話還沒說完，小雪就打斷我。

「就是這麼一回事，小魯在櫻桃的心目中是個英雄。昨天晚上我跟她說，魯道夫白天獨自去了哪裡、做了什麼，她聽得很入迷呢……」

「她八成是想學小魯，所以自己搭車去了。」可多樂推測。

「原來櫻桃失蹤是我害的……」

我感到相當難過，可多樂安慰我：「沒有人這麼說。」

小雪也同時說：「才沒這麼回事呢！」

白雪公主別有深意的看著我說：

「沒想到魯道夫小時候竟然敢反抗虎哥啊！一般的小貓看到虎哥，可不敢這麼做呢！人家說『白檀幼苗即飄香』，就是這麼一回事。你不只做了很酷的事情，說起話來也很帥氣，這沒什麼不好啊……」

我猜想白雪公主剛剛說的白檀什麼的，應該也是一句諺語，但我不知道這句話是什麼意思。

不過，現在也不是問的時候。

「這一切全都是我不好，我不該跟櫻桃說這些事情的。」米克斯低著頭內疚的說。

阿里面無表情聽完大家說的話，等大家安靜下來後，才緩緩開口說：「不過，我覺得……事情到了這個地步，小哥你也不能置身事外。畢竟你在櫻桃心中是大英雄，當她迷路，不知道該怎麼辦的時候，她一定很希望小哥能出面救她。我相信這是她最大的心願。」

所有人一起轉頭看著我。

小雪首先開口：

「小魯，求求你，一定要幫我找到櫻桃！」

我怎麼可能找得到！我連她搭上什麼車都不知道……雖然我心裡這麼想，但說出來的

話卻不太一樣。

「包在我身上，雖然我不知道能不能找到她，但一定會去找。儘管櫻桃的味道在停車場就消失了，不過，這不代表找不到任何線索……」

這就是我脫口而出的承諾。

14

在停車場的發現和一錘定音

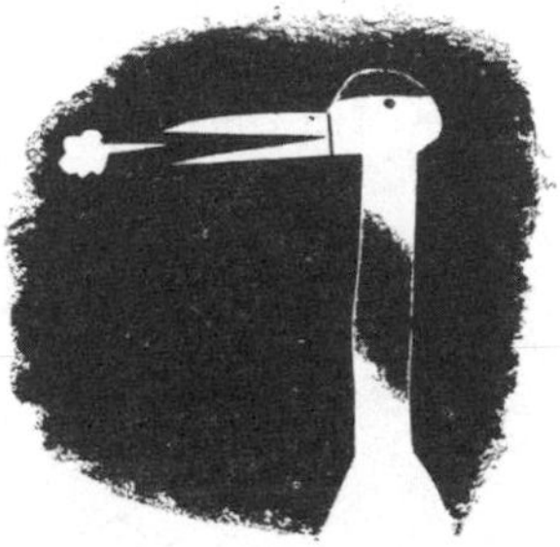

當天晚上，我獨自前往中華料理店。店門前停著四輛車，我繞著店外轉了一圈，沒發現任何線索。

米克斯今晚睡在獸醫家。白雪公主沒有回自己的地盤，留在日野先生家。

半夜我想到一件事，問阿里：「阿里，我問你一件事，櫻桃真的不識字嗎？」

「我想她應該不識字。我

曾在地上寫注音和數字給他們看，教他們怎麼唸，但櫻桃的反應很冷淡，看不出她有沒有在看、有沒有在聽。」

第二天早上，我又去了一趟中華料理店。

這就是刑警劇中，警察常說的「走遍現場一百次」，雖然這不是諺語，但十分符合我現在做的事情。這句話的意思是常跑現場觀察，一定能找到之前忽略的線索。

我想確認櫻桃失蹤時，停車場停了什麼樣的車子。

開始營業前，店門口的四格停車格中，有三格是空的，最左邊的停車格停著一輛白色輕型廂型車，後車廂的門打開著。

我記得這輛車。之前來這裡吃燒賣的時候，這輛車就停在這裡，那時後車廂的門也是往上打開的。

我走到車子旁邊仔細觀察，發現它掛的是橫濱市的車牌，駕駛座後方的車門也打開著。

我繞了半圈，走到副駕駛座旁，車門上寫著「香港飯店橫濱本店」的黑色字樣，下方再以紅字寫著「名物點心燒賣」。

我又繞了半圈，回到敞開著的車門前，看著地上，我終於明白當時發生了什麼事。

我猜想這輛車每天早上都會從橫濱開過來，運送燒賣、春捲之類的食材。在司機將食材送進店裡的這段期間，車門會像這樣敞開著。從櫻桃失蹤的時間點來看，她一定是搭上了這輛車，因為敞開的外拉式車門下方就是停車格的白線，這裡就是櫻桃味道消失的位置。

儘管貓的嗅覺不如狗靈敏，但只要櫻桃停留在同一個地方的時間夠長，貓也能聞到櫻桃殘留的味道。

我回頭看了一下店裡，確認附近沒有人，便跳上後車廂。後車廂裡混雜著燒賣的味道，不知道是不是心理作用，我還聞到了櫻桃的味道。我沒放過車廂內任何一個角落，把每個地方都聞了一遍。而且，不只聞味道，還要尋找任何可以證明櫻桃曾經待在這裡的證據。

皇天不負苦心人，讓我找到了！在駕駛座椅背正下方發現了白色貓毛，我肯定櫻桃曾經搭過這輛車。

就在此時，店裡傳來人類說話的聲音。

「明天我要多訂一箱燒賣。」

另一個聲音回答：「好的。」

接著就聽到往廂型車走來的腳步聲。

我在想該這樣直接搭車走，還是先回獸醫家跟大家商量，做好所有準備再出發？

突然，我想起日野先生的書架。日野先生曾經到美國開日本料理店，後來回到東京開分店，他的書架上一定有很多餐廳指南之類的書。

我應該擇日不如撞日，現在就走？還是延遲一天，調查好所有資訊再去找櫻桃？我現在完全拿不定主意……

正常來說，貓兩、三天沒吃東西並不會死。

我跳下車，司機正好走回來，將三個空紙箱放進後車廂，關上後車廂門。接著走到車旁關上車門，打開駕駛座車門。

司機上了車，關上門，發動引擎。轟隆隆隆……車子發出輕型車特有的引擎聲。

白色廂型車先往後退至馬路上，轉個方向再往前開。

我留在原地思考接下來該怎麼做。

剛剛老闆說他明天要多訂一箱燒賣，代表這輛廂型車明天同一時間還會來。如果是這樣，我就有一整天的時間，可以跟大家商量，並翻閱日野先生的書，調查我需要的所有資訊。

我決定先去神社一趟。有件事從昨天就一直困擾我，白雪公主昨天說的白檀什麼的諺語，我真的好想知道那是什麼意思。

我鑽進神社的地板下方，翻閱放在那裡的《口袋版諺語辭典》，查看以注音順序排列的索引。

那句諺語就在「ㄅ」的最後一句。

我翻開介紹那句諺語的頁面，上面寫著：

「白檀幼苗即飄香：許多英雄人物都是在年紀輕輕時出人頭地，就像檀木從發嫩芽時就飄香；小時候有不凡作為的人，長大都能成就一番事業。比喻英雄出少年。」

「原來是這個意思啊……」我喃喃自語著。闔上書，又忍不住說：「可是，還有另一句話叫大器晚成耶……」

我離開神社的地板下方，回到日野先生家，聽到隔壁庭院傳來可多樂的聲音，於是走了過去，看到大魔頭、可多樂、阿里以及米克斯，聚集在大魔頭的狗屋前，白雪公主則獨自坐在狗屋屋頂上。

我把我在中華料理店停車場發現的事告訴了他們。

「我明天會跳上那輛廂型車去找櫻桃。那輛車子掛的是橫濱市的車牌，車身上寫著『香港飯店橫濱本店』，我認為櫻桃一定在橫濱。」

阿里聽完後開口說：

「不過，那輛車也可能在途中繞到其他地方去，或許去了香港飯店的其他分店。」

「待會兒我會翻日野先生的書，調查一下香港飯店其他分店的資訊。若車子真的在途中停過好幾家分店才回橫濱，櫻桃很可能在途中任何一家店下車，這樣就麻煩了。」我如此說。

「櫻桃一定是等車子停進大型停車場，司機熄掉引擎後才下車。」可多樂推測。

阿里立刻反駁：「你怎麼知道是這樣？說不定司機也將車子暫停在小型分店的停車場，沒有關掉引擎就將食材送進店裡，櫻桃可能就趁這個機會跳下車。」

米克斯搖搖頭說：「不，這種情形不會發生。櫻桃一定會模仿小魯做的每一件事。小魯到這裡來的時候，司機也曾停過好幾個地方，但他都沒有下車。直到最後大貨車停進停車場，關掉引擎，小魯才跳下車。」米克斯說完後，看著我問：「小魯，是不是這樣？」

我點點頭說：「是這樣沒錯……」我之前曾經跟米克斯描述整個過程，沒想到米克斯記得這麼仔細。

米克斯接著說：「所以櫻桃一定也會做同樣的事情。」

「原來如此，這樣的話事情就簡單多了。明天小魯跟我一起坐上廂型車到橫濱分店。」可多樂做出決定。

米克斯聽到可多樂這麼說，立刻開口說：「我也要去。」

阿里也急著搶話：「既然這樣，我也要去。對，人多好辦事。我待會兒回市川一趟，召集那裡的貓族。普拉多大哥和恰克二哥也會一起去。只要普拉多大哥一聲令下，市川、松戶的三千貓族……」阿里話還沒說完，坐在狗屋屋頂上的白雪公主說話了。

「你有沒有腦袋？三千貓族要如何擠上一輛輕型廂型車？」

「喔，對耶。那就我跟小哥、虎大、米哥一起去……」

沒等阿里說完，白雪公主從屋頂跳下來，再次開口。

「你到底知不知道那輛廂型車可以坐幾個人？雖然我對車沒什麼興趣，但如果是那種全家人用的大型廂型車，通常是小孩較多的夫妻購買，週末時帶著爺爺奶奶，一家大小一起到房總或三浦半島兜風。以大型廂型車來說，空間確實很大。不過，魯道夫說的可是輕型廂型車，車內空間其實不大，如果只有魯道夫和另一隻貓，還能躲起來不被司機發現；那麼多隻貓上車，你覺得司機不會察覺嗎？」

「既然如此，那就我跟小魯一起去！我們要去的可是橫濱，我們不清楚那裡有哪些黑幫貓族，再說，那裡可是發生過紅鞋女孩故事的地方（注），說不定所有穿紅鞋子的女孩都會被外國人帶走呢！有我在，不管遇到什麼壞人，都能把對方打得落花流水。

雖然我只搭賓士車，但現在情況特殊，我也顧不得享受了。」

沒想到可多樂竟然說出有教養的貓不該說的話。順帶一提，日野先生平時有司機開車，他坐的是大型德國賓士車。可多樂雖然是美國迷，卻一直將「我只搭賓士車」掛在嘴邊。

米克斯見狀也據理力爭：「虎哥，這可不行。櫻桃失蹤全是我引起的，再怎麼說，我是櫻桃的爸爸，我一定要去。」

阿里也不甘示弱的說：「不行，遇到緊急時刻，親情反而會影響判斷力，還是我去好了。」

「你們這群蠢蛋！在說什麼傻話！你們打得過橫濱黑幫的貓老大嗎？說不定他們會拿出機關槍對付你們呢！」可多樂一臉嚴肅的阻止他們。

米克斯立刻反駁：「就算是橫濱黑幫的貓老大也是貓，怎麼可能拿機關槍呢？我出馬就夠了。再說，若真的發生什麼事，我們還有小魯，他能使出魔鬼也想不到的計謀呢！」

這次又換阿里見縫插針：「我剛說過了，這種時候絕對不能讓爸爸去。到時候米克斯一看到櫻桃，就會不管場合的發飆，大罵『混帳東西，你給我跑到哪裡去了』……」

「阿里說得對，爸爸不要去比較好，我看還是我這個虎哥大爺去吧！」

「不行，虎大平時沒什麼機會跟櫻桃相處，要是你去，櫻桃可能會嚇到不敢出來。」阿里還是不放棄為自己爭取機會。

米克斯也說：「就是說嘛！虎哥你的體型那麼大，要是上了輕型廂型車，根本沒地方躲。」

「你說什麼？米克斯，你才是……」正當可多樂要跟米克斯槓起來的時候，白雪公主大聲喝斥：

「你們都給我住嘴！」

所有人突然安靜下來，轉頭看向白雪公主。

白雪公主一一看著大家的臉，開口說：

「比起你們這些公貓，我比較了解櫻桃可能會去的地方。所以，就由我跟小魯一起去。這件事就包在我白雪公主身上！」

總而言之，最後決定由白雪公主跟我一起去。

這就是所謂的「千錘打鑼，一錘定音」。

注：日本著名童謠《紅鞋子》故事背景就發生在橫濱港。歌詞裡寫道：「穿紅鞋子的女孩被外國人帶走了。」

15

橫濱中華料理店指南和交換幫傭婆婆

日野先生的書架上有一本《橫濱中華料理店指南》，放在矮書架下方的第二層。如果是貴重書籍，日野先生都會放在高度較高、有玻璃門的書櫃裡，其他書籍則放在沒有玻璃門的矮書架。

只要觀察日野先生將書收在哪個書架，以及平時在哪裡看那本書，就能判斷那本書重不重要。如果是從有玻璃門的書櫃上拿出來的書，日野先生一定會坐在書房的書桌前看，而且看完後一定會放回原位。如果是從沒有玻璃門的書架拿出來的書，他就會坐在休息用的扶手椅上看，有時還會放倒椅背，將書蓋在臉上，就這樣睡著了。

日野先生明明教過可多樂認字，卻不太相信可多樂看得懂字。我們可以將書從書架上抽出來，卻放不回去，所以我們只能把看完的書放在地上。每次日野先生撿起地上的書時，都會自言自語的說：「難道虎哥真的會看書嗎？」

我翻開《橫濱中華料理店指南》，開始尋找香港飯店的資訊。香港飯店在橫濱有好幾家店，其中一家就在人聲鼎沸的中華街附近，位於橫濱海洋塔旁。書上說這家店的燒賣非常好吃。

不過，這不是最重要的內容，最重要的是文中寫著「這家店即將在東京都內成立第一家分店」。

米克斯家的五金行是最近才改建並開設香港飯店，而《橫濱中華料理店指南》是在開店前就出版的。

如果這本書裡說的分店就是指米克斯家的五金行原址開設的那家店，那就省了不少事。因為那家店是最近才開的，如果又是第一家分店，就代表東京都內沒有第二家香港飯店。如此一來，廂型車就不會繞到其他分店去，會直接回本店。櫻桃在本店附近的可能性便相對增加。

我跟大家說明完自己的想法後，阿里說：

「雖然我不是記得很清楚，但我感覺當時去香港飯店吃燒賣時，停在停車場裡的白色廂型車是一部很舊的車子。」

「那輛車確實不新，不過這有什麼關聯性嗎？」我問。

阿里回答：「你說過那輛車的車身上有字，對吧？寫著『香港飯店橫濱本店』。」

「沒錯，有什麼問題嗎？」

「當然有問題呀！車子很舊就代表買那輛車時還沒開第一家分店，因為如果只有本店，沒必要特地在車身上寫上『本店』字樣吧？」

阿里說得很有道理，我有點失落，還以為自己找到了重要線索。不過，可多樂卻認為阿里說的重點與我們討論的問題完全沒有關係。

「阿里，你知道在車站對面有一家『曙壽司』嗎？」可多樂問他。

「我知道，那是日野先生經常叫外賣的店。」

「對，就是那家店。你知道那家店套在免洗筷上的紙筷套寫著什麼嗎？」

「經虎大這麼一說，好像真的有寫字，不過，我懂的國字不多，看不太懂那上面到底寫什麼。」

「上面寫著『曙壽司總本店』，寫的還不是本店，而是總本店。一般來說，底下擁有好幾家分店的店稱為本店，旗下有好幾家本店的店就是總本店。現在你知道那家店有多厲害了吧？」可多樂說。

「不會吧……那家曙壽司這麼厲害啊！可是，為什麼這麼有來頭的店要開在距離市中心這麼遠的地方呢？照理說應該開在銀座才對呀！」阿里疑惑的問。

「雖然聽到千葉縣的貓這麼說有點不甘心，但是阿里，你說得沒錯。不過，我要說的重點是，曙壽司不僅沒有很多本店，它連分店都沒有。」

「什麼！這是怎麼一回事？」

「答案很簡單，那家壽司店的店名不是『曙壽司』，而是『曙壽司總本店』。要是以後『曙壽司總本店』開了分店，那家分店就是『曙壽司總本店某某分店』，原本的『曙壽司總本店』就變成『曙壽司總本店本店』了。」

「曙壽司總本店本店啊……」阿里瞠目結舌。

可多樂接著對我說：「你再看清楚一點那本中華料理什麼的書，翻到香港飯店那一頁，看清楚它的店名怎麼寫。」

於是我又再翻到那一頁，唸出我看到的店名。

「啊！上面寫的是香港飯店橫濱本店。」

「我說得沒錯吧？它在沒開分店之前就以本店自稱了，這也算是一種虛張聲勢吧！經營者就是利用這種方式宣告天下，有一天他一定會開分店。這就是人類會做的事。」

聽到可多樂這麼說，我安心多了。如果是為了虛張聲勢而以本店為名稱，那麼，在還沒開分店之前，車身上確實會寫「香港飯店橫濱本店」這幾個字。

我認為在米克斯家的五金行原址開設分店的本店，就是橫濱海洋塔旁的香港飯店橫濱本店。

雖然我很篤定，但為了以防萬一，我還是將開在其他地點的香港飯店地址全部記了下來，然後在書房的扶手椅上睡著了。

日野先生當天傍晚坐飛機到紐約去了。

日野先生不在日本的期間，幫傭婆婆晚上會過來看看我們。

事實上，這是最危險的時候。

所謂的危險，指的是梳毛，婆婆會趁這個時候幫我們梳理毛髮。婆婆覺得如果她只是過來看看我們，好像顯得不夠盡責，所以總會抓住我、可多樂和阿里，幫我們梳毛。由於這個緣故，只要是日野先生不在日本的晚上，米克斯絕對不會過來。果然，這天晚上米克斯沒有出現在日野先生家。

可多樂早就放棄抵抗，他說：「既然住在這個家裡，就把梳毛當成是繳稅一樣的義務吧！」所以只要看到婆婆拿起梳子，我也會乖乖讓她梳。

我躺在扶手椅上，可多樂看著門口說：「今天特別安靜。」「真的好安靜，要不要去看一下？說不定婆婆正全身是血的倒在外面，要是這樣該怎麼辦？」阿里也看向門口，嘴裡說著令人驚恐的話。

剛剛白雪公主在大魔頭那裡的時候，婆婆已經依序幫我、可多樂和阿里梳過毛了。現在婆婆還在日野先生家，不久前也聽到白雪公主回來的聲音。

「白雪公主的毛那麼長，婆婆不可能沒看到，要是白雪公主討厭梳毛，婆婆絕對不可能得逞。如果是這樣，不知道會發生什麼事？」可多樂忍不住開口。

「可多樂，你知道白雪公主是寵物貓還是流浪貓嗎？」我問。

就在此時，白雪公主從書房門縫探出頭來，溜進書房裡。她的毛色看起來柔順蓬鬆，充滿光澤。

「哇，好舒服喔！梳完毛之後，覺得身心舒暢，沒想到婆婆還幫我洗毛、潤絲，婆婆用的一定是傳說中的『專為貴婦貓設計的高級潤絲精』。明天剛好要出門，洗香香真開心！婆婆幫我吹毛吹得好仔細喔。我可不可以用我家的幫傭婆婆跟你們換？」

白雪公主擺出一副享受眾人目光的模樣，抬起下巴，轉了轉

脖子，展示自己洗完澡後有多漂亮。

可多樂說：「這件事沒得談。我們家婆婆只有一個缺點，那就是愛幫我們梳毛。可是她做的菜很好吃，又愛乾淨，工作也很勤快，這個世界上找不到比她更好的婆婆了。就算日野先生同意，我也不會同意交換。」

見可多樂如此堅持，白雪

公主只好說：「這樣啊，那就沒轍了。我家的幫傭婆婆每次梳毛的力道都很輕，一點都不用心，也毫無章法，而且洗毛技巧很差。幫我吹毛時只想趕快吹乾，吹風機的溫度都設定得太高。唉，不知道有沒有好心的人家，願意收留我家的幫傭婆婆。」

既然會說到「我家的幫傭婆婆」，那麼白雪公主應該是寵物貓。她哥哥天狼星住進家庭寵物醫院，所以他一定也是寵物貓。普拉多也是寵物貓，可多樂現在也是寵物貓，如果白雪公主也是寵物貓的話，那代表所有貓老大都是寵物貓。不曉得布朗是寵物貓還是流浪貓？話說回來，布朗這個名字聽起來就像寵物貓……

從可多樂和白雪公主的交談中，阿里也發現白雪公主是寵物貓了。

阿里跳上扶手椅，小聲的對我說：

「白雪公主應該是寵物貓吧！」

「聽起來是。」接著我又對阿里說：「其實白雪公主跟你一樣，她從昨天起就離家，你則是離家很久了，你們的主人發現自己的貓不見了，不會擔心嗎？」

阿里用一副理所當然的表情說：「我想多少都會擔心。」

「你也知道主人會擔心啊……」

「有什麼關係，這就是寵物貓和飼主之間的關係呀！我相信飼主自己也知道貓有一天一定會不見，有了心理準備才養貓的。」

我想起住在岐阜的理惠，喃喃的說：「是這樣嗎……」

阿里沒有刻意顧慮我的心情，坦率的說：「當然是這樣啊。

不過，姑且不論飼主在不在意，我是因為普拉多大哥和恰克二哥知道我在這裡，所以還無所謂；可是白雪公主要是不回去，奧戶的貓族一定會擔心。她明天跟你一起去橫濱之後，我會和米哥去一趟奧戶，向當地貓族說明這件事。」

「謝謝你。」

「謝什麼謝？這是我應該做的事情。」阿里說完後，便轉過身，背對我睡著了。

夜越來越深，沒人再談起櫻桃的事情。

其實我很擔心櫻桃的安危，我相信大家也是。他們一定也很想知道櫻桃好不好，現在在哪裡，甚至懷疑她是否真的在橫濱？

不僅如此，我相信他們都抱持著希望，祈禱櫻桃健康平安。

可是，若說出這些話，只會讓大家越來越不安。正因如此，大家才會閒聊香港飯店本店，還有幫傭婆婆的事，轉移彼此的注意力。

16

可以看到摩天輪和貓很多的城市

要是停車場聚集著一群貓，司機可能會提高警戒，不敢將車門開著。於是，第二天早上，我們分開行動，在香港飯店附近等待時機。

不久，廂型車駛入停車場，停在最左邊的停車格，司機開門下車。打開兩旁的車門和後車門，開始搬運紙箱。

司機一邊搬一邊自言自語：「今天東西太多，兩趟搬不完，要搬三趟才行。」

這真是天助我也！

白雪公主躲在馬路對面，我相信她應該也有聽到這句話。

司機第二次繞到香港飯店的後門時，我跑到停在附近馬路的大貨車下，跟可多樂道別：

「可多樂，我走嘍，幫我跟大魔頭說一聲。」

可多樂問我：「小魯，我問你，你打算找多久？要是一直找不到，你打算一直待在橫濱找嗎？」

多虧可多樂提醒，我才發現自己忽略了這麼重要的事情。

我想了一下對他說：「今天是星期三。星期六和星期天的鬧區人潮很多，不容易找貓。如果星期六凌晨之前，我們還是沒找到櫻桃，就搭當天早上的廂型車回來。」

「我知道了。」可多樂才說完，司機就抱著貨物離開車子，他「嘿咻」一聲，朝香港飯店的後門走去。

「快，趁現在！」可多樂提醒我們。

我往前衝刺，白雪公主也從對面跑過來。我跟白雪公主幾乎同時跳進廂型車的後車廂。

司機從香港飯店搬出來的空紙箱散亂在後車廂裡，我們趕緊躲進紙箱與紙箱之間的縫隙。

不一會兒，司機回來了，他先關上兩旁的車門，接著走到車後關上後車門。

接著，駕駛座的門打開了，車子稍微傾斜了一下。司機坐進駕駛座，「啪嗒」一聲關上門，發動引擎。

車子先往後退，再往前開。

直到這一刻，我跟白雪公主都還十分緊張。接著司機打開收音機，將音量轉大，我們才放鬆了緊張情緒。

此時車內除了廣播節目的聲音，車子本身也發出不小的噪音，正好掩蓋我和白雪公主說話或移動的聲音，不用擔心會被司機發現。

不過，我們還是盡量保持安靜。

車子一路上走走停停，經過一條長坡道之後，便駛入高速公路，一路往前行。

約莫過了一個小時，白雪公主說：「我不想再躲了。」接著便從紙箱縫隙跑出來，前腳放在窗前，看著窗外。

我小聲的說：「不要啦，司機會看到你的！」

「就算被他發現，也不可能在這裡把我們趕下來吧！」白雪公主絲毫不在意。

我想想也是，於是便跟白雪公主一起欣賞窗外風景。

廂型車行駛在沿海的高速公路上。不久，遠方出現一座大型鋼骨摩天輪，我曾在《橫濱中華料理店指南》裡看過它的照片。

我們望著摩天輪，白雪公主小聲的問：「那是什麼？」

「那是摩天輪。你看那上面掛著一個個像小房間的東西，人類就是坐在那裡面，利用中間大輪子來轉動，轉到上面去，再轉下來。」

白雪公主說：「從那麼高的地方看，風景一定很棒。」接著她輕輕嘆了一口氣。

「看到摩天輪就代表已經快到橫濱了。」我說完後就鑽到紙箱間的空隙，白雪公主也跟著鑽過來。

不久後，車子開始往下走，離開高速公路。經過好幾次左彎右拐之後，廂型車停了下來。

司機關掉引擎，下車走到車廂旁邊，打開車門。

我見機不可失，立刻說：「趕快下車！」

白雪公主便先從車廂內跳至地面，我也跟著跳下去。

當司機往上拉開後車廂的車門時，我跟白雪公主已經站在車子旁，好像我們早就在那裡一樣。

回頭看，可以看到一座鐵塔，那就是《橫濱中華料理店指南》介紹的景點「橫濱海洋塔」。

我看見司機打開廂型車旁邊一棟兩層樓建築的門，走了進去。門上寫著「香港飯店橫濱本店員工出入口」，那裡就是香港飯店橫濱本店的後門。

這家店跟我想像的一模一樣，還能看到橫濱海洋塔！

這裡的停車場跟分店一樣，只有四格停車格，與分店不同的是，本店停車場位在後門。

此時我感覺有人在看我，於是四處張望，果然發現一隻三毛貓正盯著我們。

香港飯店橫濱本店與停車場之間有一棟四層樓建築，那隻三毛貓就趴在緊急逃生梯一樓與二樓之間的階梯平臺上。

我看著他，對白雪公主說：

「那裡有一隻三毛貓，我們去問他是否見過一隻雙色幼貓。」

沒想到，正當白雪公主同意，要往前走一步的時候，那隻三毛貓突然起身往後轉，從階梯平臺跳至地面，接著，消失在道路的遠方。

「要追上去嗎？」我問。

「現在追上去會讓對方覺得我們是去找麻煩的，反而橫生枝節。我相信這附近不只有他一隻貓，只要耐心找找，一定會再遇到其他貓，到時候再問就好。」接著，她便率先往面向停車場的馬路走去。

這條馬路雖然只有兩線車道，但路旁有人行道。附近的建築物都不高，最多也就四、五層樓，大多是兩層樓的住家。

這裡有商店，也有辦公室。

我對白雪公主說：「我覺得這裡應該有很多貓。」

「我也這麼覺得。你看，那裡也有貓……」

我順著白雪公主的視線往前看，發現馬路對面有一臺紅色的自動販賣機，上面有隻棕色的貓，一直盯著我們看。

此時正巧有輛大巴士經過，擋住我們的視線。

等巴士通過之後，那隻棕色貓已經不在自動販賣機上了。

我還盯著自動販賣機時，白雪公主對我說：

「無論是剛剛的三毛

貓，還是這隻棕色貓，感覺都不太友善。」

「是啊。不過，我們這麼順利抵達這裡，遇到一些不友善的傢伙也是預料之中。」

儘管我嘴上這麼說，但尋找櫻桃的過程，其實從一開始就不是很順利。

17

尋人貓的終點站公園和水上巴士

白雪公主提議：「假設櫻桃是在這個停車場下車，那她應該就在附近，不過這一帶的貓都不太友善，不如我們換個地方找找看。俗話說『丈八燈臺，照遠不照近』，到遠一點的地方去，說不定能找到線索。」

「丈八燈臺，照遠不照近」也是《口袋版諺語辭典》裡的諺語，意思是人不容易看清身邊的事情，用來形容當局者迷的情況。

這次出門前，我早就將《橫濱中華料理店指南》的地圖記在腦子裡，我對白雪公主說：

「這一帶往東北方是海，海邊應該有一座很大的公園。」

「公園？那太好了，公園是流浪貓最喜歡聚集的地方。流浪貓與寵物貓不同，他們會四處走動覓食，知道許多事。我們就隨便抓一隻貓嚴刑逼供，非叫他說出所有事情不可！」白雪公主說完，抬頭看了一下上午的太陽，接著說：「這個時間太陽在那裡，所以東北方在那一邊。」之後便往東北方走。

我們走過幾條小路，遇到一條大馬路。大馬路的對面有一艘很大的船。等紅燈亮起，所有車停下來的時候，我跟白雪公主走過大馬路，進入公園，朝大船走去。

今天是星期三，或許是平日的關係，附近的人潮不多。

我知道那艘船是做什麼的。我很喜歡看圖鑑，日野先生有一本《日本船舶大圖鑑》，根據圖鑑介紹，那艘叫做「冰川丸」。

我們走到冰川丸旁，白雪公主目不轉睛的抬頭望著黑色船身，驚呼：「我從來沒見過這麼大的船，不知道這艘船是不是跑國外的船？」

我轉頭看著白雪公主的側臉，忍不住想，這跟剛剛凶狠的說「隨便抓一隻貓嚴刑逼供，非叫他說出所有事情不可」的是同一隻貓嗎？

不過我並不想跟她抬槓，只說出我知道的事情。

「這艘船叫冰川丸，現在已經不下海航行了，裡面被改裝成博物館供人參觀。」

「是喔，真無趣。」白雪公主突然對冰川丸不感興趣了，接著轉頭看向右邊說：「那裡有寫字耶。我聽虎哥說你看得懂字，那上面寫什麼啊？」

「那裡是水上巴士的登船處。」我說。

「水上巴士是什麼？」白雪公主問。

《橫濱中華料理店指南》也有介紹水上巴士，於是我跟她說：「水上巴士就是海上接駁船，途中經過好幾座棧橋，遊客可以搭船欣賞橫濱港的美景。」

「哇，好棒喔……」白雪公主還沒回過神來，背後突然傳來一陣低沉的聲音。

「你們兩個外來的，我不知道你們是什麼來歷，竟敢擅自闖入別人的島嶼參觀，還真有膽量啊！」

我們回頭一看，發現一隻只有半個右耳、白底棕色條紋的大貓站在距離我們差不多兩公尺遠的地方。我們剛剛欣賞冰川丸看到入迷，完全沒發現有貓偷偷接近，他竟然在我們毫無察覺的情況下，來到我們身後。

仔細一看，我們身後的貓不只一隻。

在數公尺遠的後方，共有一、二、三……六隻貓助陣。

「我們是來找貓的，大小大概是……」我的話都還沒說完，體型最大的那隻雙色貓立刻大聲喝斥：

「少囉嗦！這座公園就是尋人貓的終點站。我不管你們為了找誰而來，想要活著回去，最好乖乖聽我的話。」他壓低肩膀，擺出攻擊姿勢。

此時，白雪公主說話了。

「這裡明明是港口，你卻說是終點站？」

我心想不妙，她幹麼在這時候挑別人的語病？

當貓擺出肩膀下壓的姿勢，表示他已經準備好大幹一場。那隻雙色貓隨時都可能撲過來。

儘管白雪公主體型碩大，但我們只有兩隻，對方有七隻，而且看起來身經百戰，我們根本沒有機會一搏。就算我們打贏了，也一定會受傷。

現在根本不可能實現白雪公主原本設想的「隨便抓一隻貓嚴刑逼供，非叫他說出所有事情不可」的計畫。最好的對策就是逃跑，可是我們身後是一片大海……

我正在想逃跑的計謀，轉頭看向白雪公主的側臉，只見她雙眼盯著對方，小聲的說：

「小魯，你剛剛說水上巴士途中會經過好幾座棧橋，對吧？」

「對。」我輕輕的點頭。

「好，那麼我們找機會跳上水上巴士逃掉吧！」白雪公主接著說。

「好。」

「小魯，你先跑！」

「不行，我是男人，怎麼可以先跑！」

「好吧，那我先跑……」於是白雪公主立刻轉身狂奔。

我等了一秒，也跟著轉身奔跑。

雙色貓在我們身後大吼：

「可惡！竟然想逃！給我站住！」

白雪公主在我前面奔跑，我們前方有一個像是車站剪票口的通道。那裡有十名左右的遊客正在排隊通過，要前往棧橋等船。剪票口的後方，還有好幾名遊客在那裡走著。

雙色貓命令手下：「我們分頭追，從兩邊包夾！」

白雪公主飛快的從遊客腳下衝過去，一名女遊客被白雪公主嚇到大聲尖叫。我也趁亂鑽過遊客的腳下，結果，不小心被人類的腳踝給踢到肚子。

一名男性生氣的破口大罵：「喂！你們這群貓，不准進入棧橋！」我不知道他是罵我和白雪公主，還是罵在後頭追趕我們的那群貓。

棧橋左邊停著一艘白色的船，船門和棧橋之間架著一塊木板，客人走過那塊木板，進入船艙。

白雪公主縱身一躍，跳入船艙。

等白雪公主順利上船後，我停下腳步，回頭察看。

棧橋上有三名身穿制服的男性工作人員正背對我們，雙腳用力踩地發出噪音，威嚇在後面追趕我們的貓群，不准他們繼續前進。那群貓被人類阻擋去路，只能不斷左右徘徊。

帶頭的雙色貓對我們喊著：「不要以為你們逃得掉！」

這個時候，我身後傳來白雪公主的呼叫聲：「小魯，快上船！」我看見白雪公主站在船門口等我，於是立刻跑進船艙。

此時還有其他遊客陸續上船，一名小孩看到我們後驚呼：「哇，有貓耶！」

船的入口旁有一座樓梯，白雪公主趕緊爬上樓梯，我也跟著往上爬。

有人說：「有兩隻貓上船了！」

另一人則說：「沒關係，出發吧！」

樓梯最上方是一處甲板，我用鼻子往前指，叫白雪公主爬上甲板。白雪公主爬上甲板後，我也跟著上去。

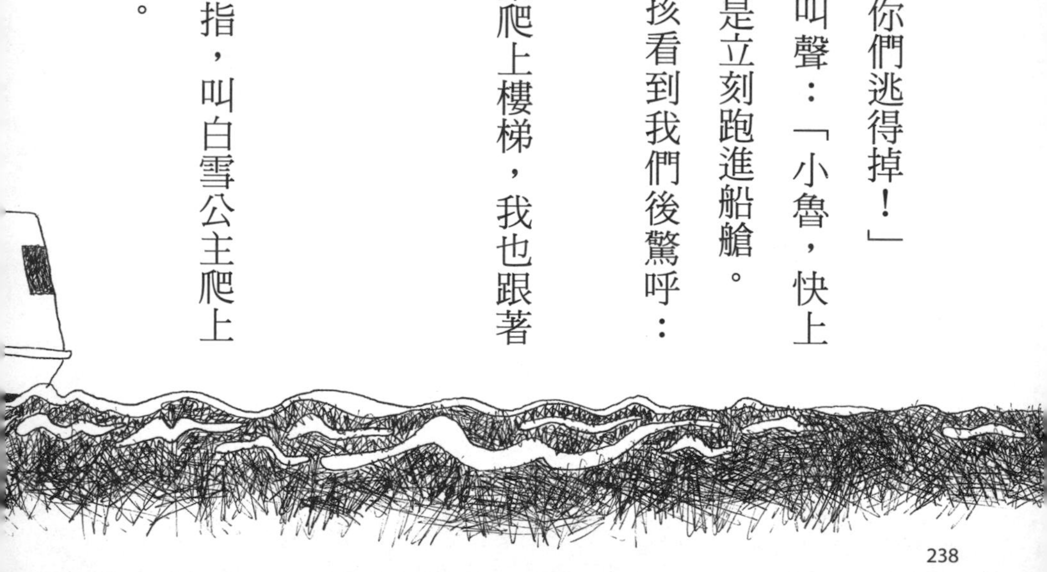

站在甲板上可以看到棧橋。追趕我們的那群貓已經不在棧橋上，可能是被人類趕走了吧！而且棧橋上也沒有任何人。

不一會兒，船開始駛離棧橋。

棧橋的另一邊停著一艘比我們這艘還小的船。

那艘船的外形扁平，我記得曾經在《橫濱中華料理店指南》上看過它的照片，照片下方寫著：「搭水

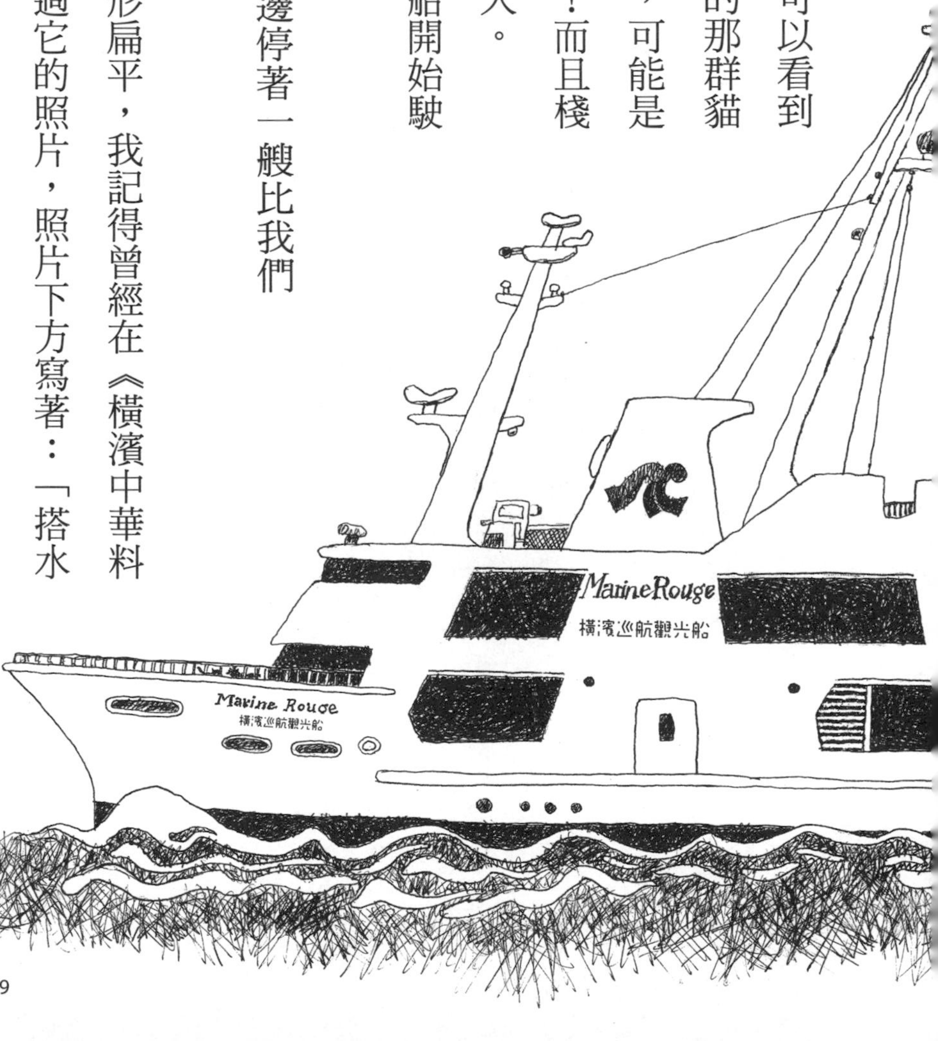

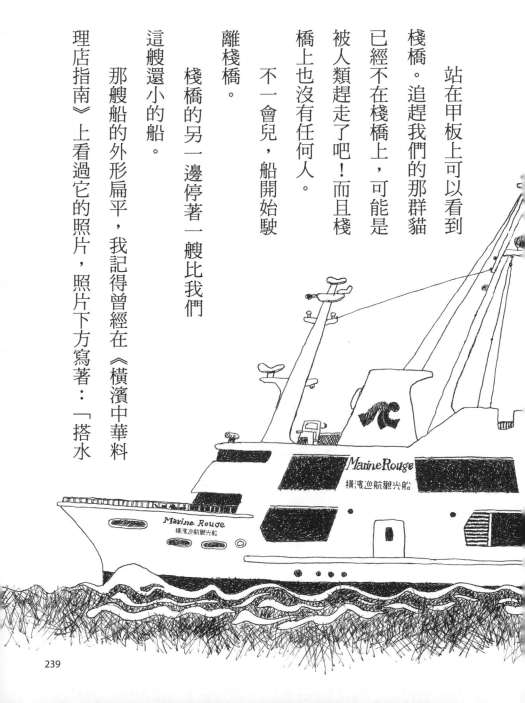

上巴士往來橫濱最方便！」

原來那是水上巴士啊！

水上巴士？

咦？如果那是水上巴士……

那這艘可以看到水上巴士的大船是什麼？

「糟了！這不是水上巴士！」我忍不住大聲哀號。

白雪公主看著我說：「你說這不是水上巴士是什麼意思？那這艘是什麼巴士？」她轉頭看向越離越遠的陸地。

「這應該不是接駁船。」我回答。

就在此時，一名身穿制服的年輕女性從船艙裡探出頭來，對我們說：

「哈囉，貓咪，外面很冷，我要關門嘍！你們要進來嗎？」

船離開陸地後，風勢變得越來越大。

我跟白雪公主說：「進去吧！」接著便率先走進船艙裡。

18

不是水上巴士的船，以及子路、孔子與君子固窮

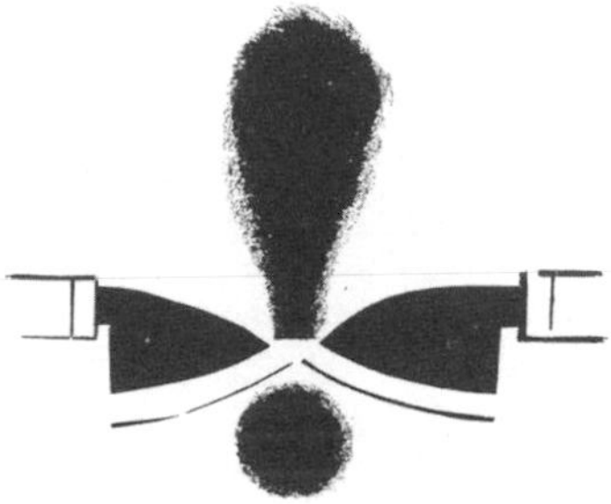

白雪公主跟在我身後走進船艙，環顧四周後說：

「這艘船好大，確實不像是接駁船。這艘船該不會是開往美國的吧？要是就這樣去美國也不錯……」

「才不好呢！」由於我叫得太大聲，剛剛出來關門的年輕女性看了我一眼，對我說：「哎呀！你一定是餓了。」

我放低音量說：「要是去

美國，我們就不能找櫻桃了。」

沒想到白雪公主說了一件我從來沒想過的事情：

「那可不一定。櫻桃說不定也搭錯船去了美國啊！」

大家常說我會使出魔鬼也想不到的計謀，但是連魔鬼也不會想到櫻桃有可能去了美國。

「這個玩笑不好笑。」

白雪公主一臉嚴肅的回我：「我可不是在說笑，小魯，你是從岐阜到東京來的，對吧？櫻桃就是因為崇拜你，才會做跟你一樣的事情，跑到這麼遠的地方。說不定她來之後，想要做比你更酷的事，於是決定到更遠的地方。如果是這樣，那她很可能會跑到美國去。」

「才、才不會這樣呢……」我嚇得說不出話來，白雪公主接著以更嚴肅的語氣說：

「再說，我哥哥天狼星遲早有一天會出院，回到地盤繼續當老大，所以我不回去也沒關係。」

這個時候，剛剛那位穿制服的年輕女性拿著一個紙盤走過來，上面裝著章魚燒。她將紙盤放在我們前面，跟我們說：

「這是客人吃剩的章魚燒，你們要吃嗎？」

「那我就不客氣了。」白雪公主說完，便伸出舌頭舔了舔章魚燒上的美乃滋。

這艘船真的會去美國嗎？

我想起冰川丸，開口問白雪公主：

「我問你，剛剛的冰川丸跟這艘比起來，哪艘船比較大？」
「當然是冰川丸啦！」
「這樣啊，那麼這艘船應該不會去美國。」
「是嗎？那這艘船會去哪裡？」
「去比較近的地方。」
「像是哪裡？」白雪公主問。
「你這樣問我，我也不知道。不過，可能是去北海道或沖繩之類的吧？」我說。
「北海道或沖繩？好吧，也可以啦！」
「是啊。如果是這樣，這艘船就是所謂的渡輪，希望它是去北海道或沖繩的船，畢竟都在國內，不用出國。」我一說完便發現不對，立刻改口：「不對！這樣還是不能去找櫻桃！」

「事到如今也沒辦法改變了，不管這艘船去哪裡，我們都不可能中途下船。你也差不多該餓了吧？來吃一點吧！」

經過她這麼提醒，我的確感到餓了，不，應該是說，我早就餓很久了。

我走到白雪公主的對面，低著頭吃著紙盤裡的章魚燒。

我邊吃邊想，無論是之前以為我要去奧戶搶地盤的時候，或一起去香港飯店的分店停車場找櫻桃，還是現在搭上不知道去哪裡的船，白雪公主都不曾驚慌失措，表現得相當沉穩。我真的不明白為什麼會這樣？

剛剛被追趕時也是，我被上船的遊客用腳踢到肚子，但白雪公主完全沒被踢到。當時我只顧著慌慌張張的往前跑，但她看起來一點都不慌亂，還等在船門口叫我過去。

盤子裡共有六個章魚燒，我們各吃了三個。吃完後，穿制服的年輕女性將紙盤收走。

「我想問你一件事，你從來都沒有不知道該怎麼做，覺得很煩惱的時候嗎？」我問白雪公主。

白雪公主坐在通往甲板的通道前方，伸出右腳擦拭嘴巴周圍回答說：

「當然有啊！」

「可是，我看你一直保持很冷靜的樣子。」

「會嗎？」

「會啊！」我一說完，白雪公主又伸出左腳擦拭嘴角，接著說：「以前有個人叫子路，他是孔子的弟子。」

「子鹿？他明明是人，卻取一個動物的名字，而且還拜恐龍的孩子為師，這太奇怪了吧！」

白雪公主先一語不發的盯著我，過了一會兒才開口說：

「小魯，難怪大家都說你會使出魔鬼也想不到的計謀，你說話真的很沒有邏輯耶。子路不是鹿，他是古代人。孔子也不是恐龍的孩子，他也是古代人。」

「喔，原來是這樣啊！那子路和孔子做了什麼事呢？」

「有一次子路問孔子：『君子亦有窮乎？』然後孔子就說：『君子固窮，小人窮斯濫矣。』這是我的飼主跟客人聊天時說到的，這段話的意思是：即使是君子也有遭遇困境的時候，此時絕對不能自暴自棄、一蹶不振。」

一開始白雪公主說「君子固窮」時，我聽成「君子哭窮」，害我一直搞不懂她在說什麼。原來君子指的是有才德或有地位的人。此外，有句話說「窮則變，變則通」，意思是遇到困難一定能找到解決的方法。這兩個「窮」是一樣的意思。

我在想君子什麼的這段話應該也是諺語，不過，這句諺語好長喔！不知道《口袋版諺語辭典》裡有沒有這句話？

正當我沉浸在自己的世界時，白雪公主繼續說：

「我很喜歡『君子固窮，小人窮斯濫矣』這句話，這也是我一直追求的目標。雖然很難做到，但我將它當成我的座右銘。」

白雪公主又說出我聽不懂的詞彙。

有句話說「問乃一時之恥，不問乃一生之恥」，這句諺語的意思是，請教別人自己不懂的事情時覺得自己很丟臉，但如果不請教別人，讓自己處於無知的狀態，反而會造成一輩子的羞恥。這句話我曾在《口袋版諺語辭典》裡看過。話雖如此，我從來不覺得請教別人有什麼好難為情的。

於是我開口問：「什麼是座右銘？」

「就是寫下來放在自己身邊，作為自己行事準則的名言啊！我不識字也不會寫字，我只會背下來。」接著，白雪公主走到通道角落，趴了下來。

「剛吃飽好想睡喔，我先睡一下。」她就這樣睡著了。

過了一會兒，一名看起來像是正在讀幼兒園的小女孩跑了過來，看到我跟白雪公主就開心的說：「哇，這裡有貓耶！」然後開始逗弄我們。白雪公主只是稍微瞇著眼睛看了一下，便乖乖的讓小女孩摸她。

不知道過了多久，我也在不知不覺中睡著了。半夢半醒之間，彷彿聽到廣播說船隻即將抵達棧橋，我便澈底醒來了。

沒想到白雪公主早已清醒，坐在通道角落。

「船快靠岸了，我們下船吧！雖然不知道睡了多久，但這裡絕對不是美國，也不是北海道或沖繩。這艘船該不會就是水上巴士吧？」她問我。

當船抵達棧橋時，剛剛那位穿制服的年輕女性用雙手抱起我和白雪公主，將我們放在棧橋上。

身為一隻有教養的貓，我有禮貌的喵了一聲，向她道謝。

這座棧橋跟我們跳上船的地方好像，不過，我猜想可能每個地方的棧橋都長得差不多吧！我往乘客前進的方向看去，看到前方有一個像是車站剪票口的地方，再往前看……竟然看到剛剛那隻很大的雙色貓！而且在他身後聚集了一群比剛剛多出一倍以上的嘍囉貓。

此時我終於恍然大悟，原來剛剛坐的既不是水上巴士，也不是國外航線的客船或渡輪，而是觀光船，繞著港口航行一周欣賞風景，就會回到原本的棧橋上。

再怎麼偉大的君子，看到眼前這麼大一群惡貓等著算帳，任誰都會覺得窮途末路、自暴自棄吧。之前我到白雪公主的地盤，被白雪公主和當地貓族堵在公園裡時，我還有天狼星這張保命符可以用，但現在的情形跟當時完全不一樣，我真的無計可施了。

我拚命在想有沒有魔鬼也想不到的計謀，但一時之間腦中一片空白。

反倒是白雪公主一派輕鬆的說：「唉，該來的還是要面對。」甚至還跟我說：「小魯，走吧，看來他們已經等很久了。」

說完便邁開步伐往前走。

19

該我出馬的暗示和浪漫的汽笛聲

白雪公主走到棧橋和陸地交接處就停下來，我也跟著停下來。

我小聲的問：「怎麼了？」

白雪公主回答：「待會兒我不說話的時候，你要像我們第一次見面時那樣說話喔！」

我聽不懂白雪公主的意思，於是問：「什麼？你在說什麼？」

沒想到白雪公主立刻就不

說話，只是眼睛直視前方。

由於我們停下腳步的關係，雙色貓開始朝我們一步步走來。他身後的嘍囉貓也慢慢跟著往前走。

順利通過剪票口後，雙色貓依舊直直的朝我們前進。

我數了一下雙色貓的身後有多少隻嘍囉貓，一、二、三……七、八……十四、十五……數到這裡時，雙色貓離我們只有一公尺。此時雙色貓突然停下來，對白雪公主說：

「喲！漂亮的小姐，仔細瞧瞧才發現你還挺標致的嘛！要是你願意當我的女人，我可以保你一命喔！」他臉上露出猥褻的笑容，繼續往前走。

雙色貓一步步逼近我們，白雪公主一動也不動。

那群嘍囉貓也逐漸往我們靠近。

十六、十七、十八……嘍囉貓總共有十八隻。

雙色貓繼續往前逼近，走到幾乎要跟白雪公主鼻子碰鼻子時，雙色貓又開口問：

「小姐，考慮得怎麼樣啊？當我的……」

雙色貓話還沒說完，白雪公主便大聲出言喝斥：

「你這個色老頭，少瞧不起人！」

只見白雪公主舉起右前腳，下一秒立刻傳來「嘶」的一聲，像是爪子劃過蘋果的聲音。接著，只見一撮貓毛在我眼前落下。

說時遲那時快，雙色貓往前倒下，下巴撞到棧橋上堅硬的水泥地。他趴在地上，眉間少了一撮毛。

白雪公主像是要甩掉沾附在指尖上的水一樣，甩了甩右前腳，棕色貓毛從她的指尖緩緩飄落。

雙色貓低聲哀號著：「你、你想做什麼……」他正想撐起身體時，白雪公主張開大嘴，朝雙色貓的脖子咬下去！白雪公主緊咬著不放，使雙色貓的身體直直的往下垂。

白雪公主叼著雙色貓的脖子，將他往上拋。當雙色貓的身體來到白雪公主的正上方，她放開了雙色貓的脖子。雙色貓就這樣被拋到比人還高的地方，努力在空中調整身體角度，以足部朝下的姿勢往下落。白雪公主對準雙色貓，身體用力的撞上去。

雙色貓倒在棧橋上，往前滾動，滾到快掉入海裡之際，白雪公主一把壓住雙色貓，對著我大叫：

「小魯，該你出場了！快使出魔鬼也想不到的計謀！」

此時我還搞不清楚白雪公主要我做什麼，只能瞠目結舌的看著她。白雪公主再次叼起雙色貓的脖子，將他拖到棧橋邊，甩了一下脖子。

雙色貓發出一聲慘叫，從棧橋上消失無蹤。

雙色貓掉進海裡了！不，白雪公主將他丟下海了！

白雪公主探頭看著大海，我趕緊跑到白雪公主身邊，發現雙色貓並沒有掉進海裡，白雪公主還咬著他的脖子，身體在海面上搖搖晃晃。

「住、住手，救命啊，放我一條生路！」雙色貓吊在橋邊，手腳慌亂的擺動著。

由於白雪公主的攻勢來得相當快，那群嘍囉貓根本來不及反應，不知道剛剛發生了什麼事。

「住、住手，不要將丟我下去！」直到雙色貓再次大叫，嘍囉貓們才驚覺不對，三三兩兩的聚集過來，將我們團團圍住。

「消嚕！」白雪公主嘴裡還咬著雙色貓的脖子，說起話來含糊不清。過了兩、三秒，我才發現她是在叫我。

接收到該我出馬的暗示，我對著十八隻嘍囉貓說：

「給我聽仔細了，你們這群傢伙……」這一刻我還不知道接下來該說什麼。

雙色貓的性命掌握在白雪公主的手中，不，是口中。

雖然情勢看起來對我們非常有利，但白雪公主若將雙色貓丟入海裡，就會變成一場二比十八的大戰，我們不可能全身而退。

我一定要趁這個時候虛張聲勢，想辦法度過這一關。於是重說一次剛剛的開場白：

「給我聽仔細了，你們這群傢伙……」接著硬逼出一句：「要是不想讓你們的老大成為鯊魚的晚餐……」因為我實在不知道接下來要說什麼，只好先撂狠話。

原本想繼續說「你們這群傢伙現在立刻消失。要是十秒內還不消失，我們就將你們家的老大丟進海裡去讓鯊魚吃個夠！」但我突然想起我們到橫濱的目的。

我決定立刻更改臺詞：

「你們這些不成材的傢伙給我聽好，限你們一個小時內，找

出一隻白底黑紋的迷路小母貓！她叫櫻桃，是一隻還沒成年的雙色貓。要是你們沒找到她，也沒回報消息，你們的老大就會變成鯊魚的晚餐。聽清楚了沒？一個小時，我絕對不會多等一秒，立刻將他丟下海！」

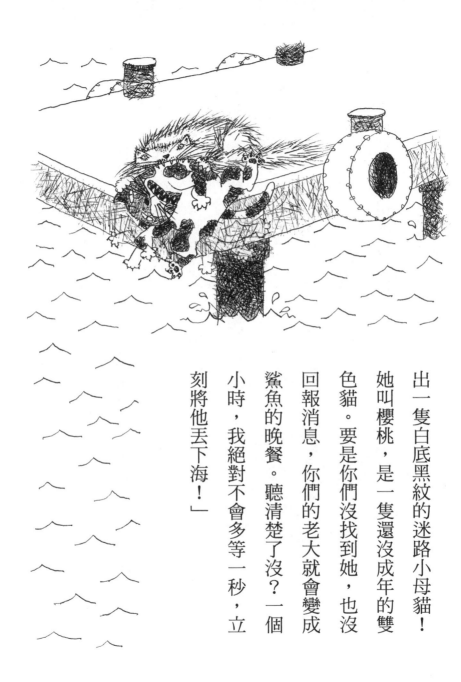

嘍囉貓們露出一臉不知所措的樣子，互相對看。

我大聲喝斥：「還不給我馬上去找！」

在我大聲喝斥下，十八隻嘍囉貓紛紛動起來，往四面八方，不，往八面十六方散去。

等到所有嘍囉貓跑掉之後，白雪公主將雙色貓拖上棧橋。雙色貓被拖上來之後驚魂未定，不僅耳朵往下倒，身體也縮成一團。

白雪公主不停張嘴又闔上，活絡下巴關節。之後對我說：

「我還在想你會說什麼趕走他的手下，沒想到還有這一招。要是櫻桃在這附近，他們遲早會幫我們找到她；就算沒找到，至少也能證實她不在這一帶，省了我們不少時間與心力。真不愧是小魯，能夠想到魔鬼也想不到的計謀。」

「要是一個小時後沒有任何貓回來，我們該怎麼辦？」我忍不住問，白雪公主笑著回我：

「該怎麼辦呢？就把這下流的貓丟進海裡餵鯊魚，我們再去別的地方找吧！」

此時縮在白雪公主腳邊的雙色貓顫抖的說：「饒命啊……」

「你別想逃或做一些無謂的抵抗，你要是敢往前走一步，我立刻宰了你！」白雪公主威嚇他。

此時海上傳來「嗚嗚」的聲音。白雪公主望著海面說：

「剛剛那個是汽笛聲嗎？聽起來好浪漫喔！小魯，你也這麼覺得吧？汽笛聲聽起來就像是在邀請我們前往未知的國度……」

白雪公主說話突然變文雅了，讓人完全想像不到這跟剛剛說「你這個色老頭，少瞧不起人！」是同一隻貓。

我想也沒想就將心裡的話說出來：

「要怎麼做才能像你這樣突然變成另一個樣子？前一刻還在說狠話，下一秒就變少女了？」

白雪公主盯著我看。

「你幹麼一臉天真的表情問我：『要怎麼做才能突然變成另一個樣子？』你自己剛剛不是也說：『你們的老大就會變成鯊魚的晚餐』嗎？我們是半斤八兩，就別再追究這一點了。」

聽她這麼一說，我也覺得很有道理。

此時再次傳來汽笛聲。雙色貓戰戰兢兢的仰起臉說：

「兩位……容我插個嘴……」

「你想說什麼？」白雪公主轉頭瞪著雙色貓。

雙色貓縮著頭說：

「沒、沒什麼，我發現你們可能對這一帶的海域有點誤會，這裡沒有鯊魚……不，其實有沒有鯊魚都一樣，我不會游泳，要是掉進海裡的話，只有死路一條……」

白雪公主頓時失去耐性，她對著雙色貓發飆：

「囉嗦死了，這種小事有什麼好計較的！要不要現在把你丟下去，找找看海裡有沒有鯊魚？」

「不、不，不用了。」雙色貓將頭縮得更深。

遠方第三次傳來汽笛的鳴叫聲。

20

貓老大的名字和柳樹下的泥鰍

人潮再次湧進棧橋，我跟白雪公主左右夾著雙色貓，走出棧橋，來到進入冰川丸參觀的入口附近。

這裡靠近海邊的沿岸都架起柵欄，雙色貓稍微放心了一點，不時伸長脖子，張望公園四周。

我將這種舉動稱為「伸長脖子等」。

我沒看時鐘，所以不知道

現在幾點鐘，但此時太陽開始往西沉，應該快到一個小時的期限了。就在這個時候，一隻白底灰條紋的貓跑了回來。他是雙色貓的手下。

我們待在冰川丸的入口旁。那隻條紋貓跑到距離我們三公尺左右的地方停下來，先看了一眼雙色貓，再看向白雪公主，接著再將眼神放回雙色貓身上，輕輕的搖搖頭。

這表示他沒打聽到櫻桃的消息。

不久，嘍囉貓一隻隻回來了，都沒有找到櫻桃或打聽到任何有關她的消息。

有些貓像第一隻條紋貓那樣，只輕輕的搖頭，表示沒有找到櫻桃；有些則小心翼翼的跑到雙色貓旁邊，向老大報告：「對不起，大哥。我找了很久，那隻貓應該不在大哥的地盤上。」

白雪公主聽見後，便問那隻貓：「你家老大的地盤到哪裡？」那隻貓不知道該不該回答，看了一眼雙色貓，尋求老大的同意。見雙色貓輕輕點頭後，他才說：「這座公園的兩邊雖然不是很寬，但長度很長。基本上西起大棧橋，東至山下埠頭，在這個範圍內的公園都是大哥的地盤。」

「那麼，那條大馬路的對面呢？」白雪公主問。

「對面是和善強尼的地盤，他是一隻愛耍派頭的貓。」

最後只回來六隻貓。第六隻貓回來時，對雙色貓回報：「對不起，沒有找到櫻桃的下落。」之後我們又等了一會兒，還是沒有任何貓回來。

最先回來的那隻條紋貓一直在偷看白雪公主。

剛剛白雪公主已經展現出她的打架實力，就算是七比二，對方還是沒有勝算。但從那隻條紋貓豎立得直挺挺的尾巴來看，他一定很想救回自己的老大。

隨著時間過去，他們的貓老大越來越沒精神，第六隻嘍囉貓回報沒找到時，雙色貓已經沒有力氣回應，只能輕輕的點點頭。

有句成語叫「萎靡不振」，這句話現在最適合用來形容雙色貓，只見他坐在水泥打造的步道上，看著自己的腳。

白雪公主坐在雙色貓身邊，問他：

「你叫什麼名字？」

雙色貓低著頭，以必須仔細聽才能聽見的聲音回答：

「布魯斯……」

「我叫白雪公主，跟我一起來的黑貓叫魯道夫。剛剛我們也說過了，我們是從東京都的東邊市郊遠道而來，想要找一隻走失的貓。」

白雪公主說完後，布魯斯依舊沉默不語，什麼也沒說。

白雪公主對我說：「小魯，現在這樣我們也沒轍了，到別的地方繼續找吧！」她說完便起身，對低著頭的布魯斯說：「謝謝你的幫助。」之後就轉身往前走。

布魯斯驚訝得抬起頭，一旁的嘍囉貓也全都瞠目結舌的看著我們。

白雪公主走沒兩步便停下來，回頭對雙色貓說：

「布魯斯，不要氣餒，十八隻貓中有六隻回來，這個結果很好了。」

聽白雪公主這麼說，我才終於理解布魯斯為什麼萎靡不振。不只是因為打架打輸，在手下面前出糗，也因為十八隻嘍囉貓中有十二隻拋棄了自己，完全不顧道義，自顧自的逃走了。

白雪公主接著說：「或許有些貓再也不回來了，但很可能過了一段時間之後，有些貓會再回來投奔你。如果他們真的回來了，不要抱怨或責罵，反而要主動示好，問候他們：『嘿！好久不見啦，這陣子好嗎？』這才是真正的男子漢。」

布魯斯抬起頭來，看著白雪公主。

或許是心理作用，我似乎看到他輕輕的點點頭。

「我們走吧！小魯。」白雪公主再次邁開步伐，我對在場的所有貓說：「再見了，各位。」

比起白雪公主令人感動的臨別贈言，我說的話還真敷衍。說完後，我立刻轉身追上白雪公主。

我們決定回到原點重新出發。穿過一條條車來人往的馬路，尋找櫻桃的身影，最後又回到香港飯店橫濱本店的停車場。

白色輕型廂型車已不在停車場，可能又到別的地方去了。停車場裡一輛車也沒有。白雪公主坐在剛剛白色廂型車停的停車格裡對我說：

「姑且不說我，一般母貓最多只會在人類腳程一個小時內能走到的範圍內活動。如果櫻桃在這裡下車，至少會有幾天都在這個範圍內活動。只要我們找遍每一個角落，一定能找到櫻桃。」

「這一帶的貓老大是和善強尼，要是能找到他，我們也可以請他的手下幫忙找櫻桃。可是，不知道他會不會接受我們的請求。他的名字是英文的 Gentle，也是 Gentleman 的 Gentle，從名字來看，他應該是個溫和有禮的紳士吧！」

白雪公主聽完我說的話，喃喃的說：「希望如此……」

我突然發現一件事，不禁脫口而出：「不對啊，白雪公主是英文的 Princess Snow White，你看起來真的就跟名字一樣雪白漂亮，可是你的個性啊……」

我才說到一半，白雪公主就用前腳敲了一下我的後腦勺。

雖然沒有受傷，但還是很痛，忍不住說：「好痛喔……」沒想到白雪公主竟然假裝沒聽到，裝作一副「不關我的事」的模樣，還問我：「哎呀！小魯，你怎麼了嗎？」

接著她轉換態度，認真的對我說：「要是和善強尼跟布魯斯一樣來找碴，我們還是可以用剛才的方法對付他。不過，同一棵柳樹下不會出現第二隻泥鰍，好運不會一直站在我們這一邊。」《口袋版諺語辭典》中也有這一句「柳樹下不會常有泥鰍」，意思是就算曾在柳樹下抓到泥鰍，也不代表隨時都能抓到泥鰍，比喻好事不會一再發生。

當天我們找遍那一帶的每個角落，一直到晚上還是沒發現櫻桃的下落。我們偶爾會在馬路對面的步道、圍牆或緊急逃生梯上看到其他的貓，但那些貓一跟我們對上眼，立刻消失無蹤。一路上也沒看到疑似和善強尼的貓，不過，我們本來就不知道和善強尼長什麼樣子。

現在不禁感到後悔，當初應該問布魯斯或他的手下，和善強尼長什麼樣子。有句話叫「為時已晚」，現在發現已經來不及了。

夜色已深，我們來到知名的中華街碰碰運氣。抵達的時候，餐廳也都打烊了，地上掉落著人類吃剩的肉包，讓我們得以飽餐一頓。

我們回到停車場時，香港飯店橫濱本店也已經關門，不過，那輛白色輕型廂型車還停在停車場。

我們潛入廂型車底下睡覺。

到了半夜，開始吹起強風。由於風勢很強，輕型廂型車在我們的頭上輕輕搖晃著。

我跟白雪公主靠在一起繼續睡。

黎明時刻，我夢見泥鰍在棧橋上舉辦祭典。

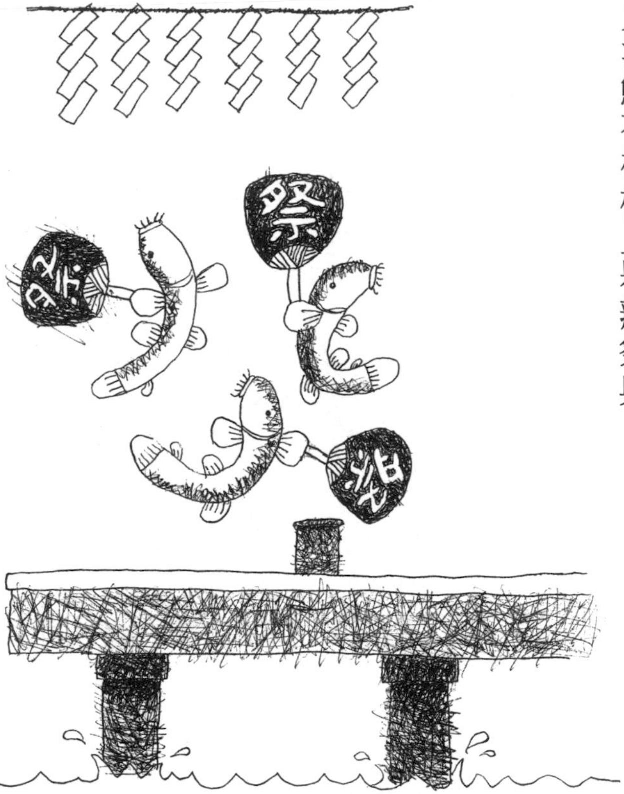

21

朋友的朋友的朋友的女朋友和濱風

「嘿！哈囉！兩位在找小貓的，快起床！」

聽到有人在叫我們，張開眼睛，抬頭一看，發現是一隻貓站在車子的兩個後輪縫隙間叫我們。

白雪公主也醒了，她壓低身體，對著在看我們的貓問：「你是誰？」

「是我，布魯斯老大的手下……」我一聽聲音就知道他是布魯斯的手下，也就是最先跑回來回報的那隻條紋貓。

白雪公主對我說：「小魯，你從另一邊出去。」接著她朝著條紋貓的方向爬去。

她要我從另一邊出去，是為了避免對方埋伏。於是我照她說的那樣，往車頭方向爬出去。

我從車旁往車後走，到了那裡一看，除了白雪公主之外，只有那隻條紋貓。

條紋貓先說了一段開場白：「我要說的話有點長，請你們耐心聆聽。」接著他進入正題。

「昨天你們不是要我們去找一隻名叫櫻桃的小貓嗎？可是我們不可能大搖大擺的跑到別人地盤找貓。平時我會到地盤的交界處閒晃，常常有機會遇到其他地盤裡的貓，久而久之，也認識了一些朋友。所以，昨天我跑到其他地盤去，跟我的朋友說，如果看到一隻名叫櫻桃的小貓，一定要來通知我。還跟他說，只要是與櫻桃有關的消息，隨時都可以自由進入我們的地盤來找我。昨天我擔心一個小時內沒回來，老大可能會出事，所以拜託完朋友後，只找了一些地方，就趕著回去回報。後來昨天半夜，我的朋友跑來找我，他說他的朋友的女朋友，看到櫻桃倒在一座小丘上。我還沒去現場看過，想說先來通知你們，才不會浪費時間。我找了好久才終於找到你們。」

條紋貓說到這裡，白雪公主探出身體問：「對方是在哪裡看到櫻桃倒下去的？」

條紋貓回答：「我有問到地點，我帶你們去。」接著拔腿往前跑，白雪公主也立刻跟上去。

我忍不住想，這該不會是陷阱吧？

不過，俗話說得好，「不入虎穴，焉得虎子」，意思是不進入老虎的巢穴之中，就抓不到老虎的小孩。換句話說，不冒險就得不到自己想要的東西。當然，這也是在《口袋版諺語辭典》上學到的諺語。於是我決定跟在白雪公主身後，追上條紋貓。

清晨的路上十分冷清，條紋貓帶著我們穿過好幾條馬路，不斷左轉右彎，還過了一座橋。

途中，我看到橫濱海洋塔出現在左手邊。

我邊跑邊想，櫻桃不知道發生了什麼事才會倒在路邊，如果是肚子餓走不動，那還算好，就怕是被車……

一想到這裡，我趕緊打消這個念頭，現在想什麼都沒用。

過橋之後，進入一條坡道。

我跑得上氣不接下氣，落後他們一段距離。

好不容易跑到頂端，就在要下陂的地方，條紋貓停下來。

他氣喘吁吁的說：「我聽說櫻桃就倒在附近……」

前方有一棟大房子。

我們環顧四周，沒看到櫻桃的身影。

「怎麼會沒有呢？我聽說櫻桃就倒在這家庭院通往外面的道路上。」條紋貓也覺得奇怪，正四處張望。

庭院裡有一棵很細的樹，朝路邊樹籬倒下來，可能是昨天半夜被風吹倒的。

白雪公主瞪著條紋貓，低聲喝斥：「你該不會是在搞什麼把戲吧？」

「不，我怎麼敢呢？我不想被鯊魚吃掉，我絕對沒有那麼大的膽子敢設陷阱騙你們！」

我走到條紋貓的身邊，一邊喘氣一邊問：

「這裡是和善強尼的地盤嗎？」

「不是，這裡是另一個老大的地盤。」

白雪公主在一旁追問條紋貓：「這裡根本沒有貓倒在路邊，只有一棵樹倒下來而已……」說到這裡，白雪公主突然盯著倒下的樹看，表現出遲疑的態度。接著走到垂掛在樹籬的樹下，抬頭往上看，仔細觀察那棵樹。

白雪公主就這樣看了一會兒，再走回條紋貓身邊，對他說：

「我問你，你的朋友是怎麼對你說的？將他告訴你的話，一字不漏的說給我聽。」

「我的朋友說：『我的朋友的朋友的女朋友，看到櫻桃倒在路邊。』」

「所以你只是轉述你的朋友的朋友的朋友的女朋友的話，嗯，那肯定在轉述過程中某個環節出錯了。那棵倒下來的樹是櫻桃樹。」白雪公主說。

「那又如何？」條紋貓不明所以的問。

我馬上就察覺到白雪公主想要表達什麼。那個女朋友一開始可能是說櫻桃樹倒在路邊，在傳話的過程中，不知道是誰說成「櫻桃倒在路邊」，就這樣傳到條紋貓的耳裡。

條紋貓轉頭看向我，再次發問：「到底發生了什麼事？」

「很可能是有人將櫻桃樹說成了櫻桃……」我告訴他。

「喔，原來是這麼一回事……」條紋貓尷尬的看著那棵櫻桃樹，接著慢慢轉頭看向白雪公主說：「那個……我真的很抱歉。造成這麼大的騷動，讓你們白跑一趟……」

白雪公主對條紋貓露出苦笑：

「沒關係，不要在意。你又不是故意的，再說，你特地來通知我們，真的很感謝。還好倒在路上的不是櫻桃。」

我剛剛跑了很長一段路，現在知道櫻桃沒事，放下心中大

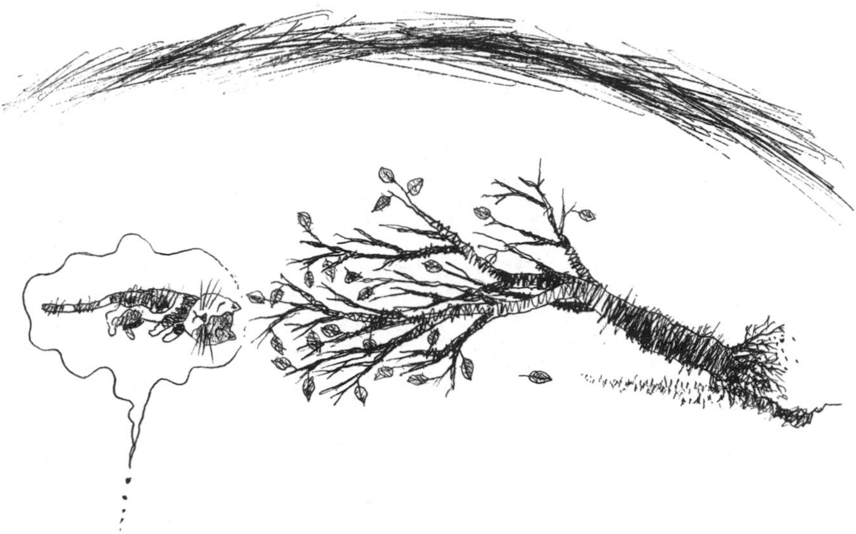

石，忽然感覺全身沒力，差點站不穩。

「真的很抱歉，我們回去吧！這裡是別人的地盤，我們不能待太久。」

條紋貓說完便往回走，我和白雪公主並肩走在一起。

「昨天你們說你們是從東京都的東邊市郊過來這裡，那裡是個什麼樣的地方？」條紋貓問我。

我向他介紹了我們住的小鎮，還跟他說：

「我住的地方有一條河，河的對面是千葉縣，那裡是龍虎三兄弟的地盤，據說他們的手下有三千貓族。」

沒想到條紋貓竟然沒說：「這顯然是在說謊嘛！」反而瞪大眼睛說：「有三千隻啊！他們的地盤有多大呢？」

我忍不住感嘆這隻條紋貓的心地真的很單純。

條紋貓送我們回香港飯店橫濱本店的停車場後，臨走前對我們說：「我還沒自我介紹，我是布魯斯的大弟子，名叫濱風。海濱的濱，吹風的風。我是一隻流浪貓，這個名字是我自己取的。」

他說完便轉身，瀟灑的跑遠了。

22

和善強尼終於現身和吹過我耳邊的風

濱風離開後，白雪公主嘆氣說：「剛剛雖然被一場誤會搞得雞飛狗跳，不過，還好搞錯了。」

「就是說啊。」接著我又說：「今天要去哪一帶找呢？要不要走遠一點？」

「你又忘啦！我昨天不是說了嗎？一般母貓最多只會在人類腳程一個小時內能走到的範圍裡活動。」

白雪公主才說完，香港飯店橫濱本店的廂型車司機就從馬路對面走來，接著開門上車，將車開走了。

白雪公主接著說：「還好沒讓虎哥、米克斯或阿里來，要是將事情交給你們公貓辦，現在恐怕早就搭上開往國外的大船了。早上我們在這附近再找一次，然後下午再去……」

白雪公主話還沒說完，突然有一個聲音插進來：

「這位小姐，你說得真好。公貓的想法就是膚淺，一點都靠不住啊！」

我們立刻四處張望，一隻長得很像櫻桃媽媽小雪的貓，從香港飯店橫濱本店的角落走了出來。

那是一隻美國短毛貓。

不過，他不是母貓，是公貓。體型稍微比我大一點。從毛色的光澤度來看，他絕對是寵物貓。

那隻美國短毛貓走到我們身邊，坐在停車場的水泥地上，接著低下頭，擺出行禮的姿勢說：

「容我先自我介紹。我是負責管理這一帶秩序的和善強尼，是一隻寵物貓。昨天聽一位青年說，喔，當然不是人類青年，而是貓族青年。他跟我說有兩隻從未見過的貓，搭乘香港飯店橫濱本店的廂型車在這個停車場下車，我想就是你們了。我到處在找你們。根據那位青年的說法，你們跑到布魯斯的地盤去了，我還在擔心你們的安危。幸好昨天下午，另一名青年跑來告訴我，他看見一隻白色長毛貓小姐和黑色青年出現在中華街，於是我又出來找你們。可惜好像又錯過了，沒有遇見你們。不過，剛剛另一名青年到我家，跟我說你們出現在這裡，於是我來這裡向你們打聲招呼。」

說話態度都這麼客氣，真令人不知該如何回應。

白雪公主直直的看著對方。

「你好……」她突然想起對方已經報上自己的名號，我們也得自我介紹才行。於是接著說：「我們是……」她還沒來得及繼續說下去，那隻名為和善強尼的美國短毛貓已經插嘴打斷她：

「我知道你們是誰，如果我說錯了，請你們多多包涵。你們是白雪公主和魯道夫，從很遠的地方過來。」

我們才第一次見面，他怎麼會知道我們的名字呢？

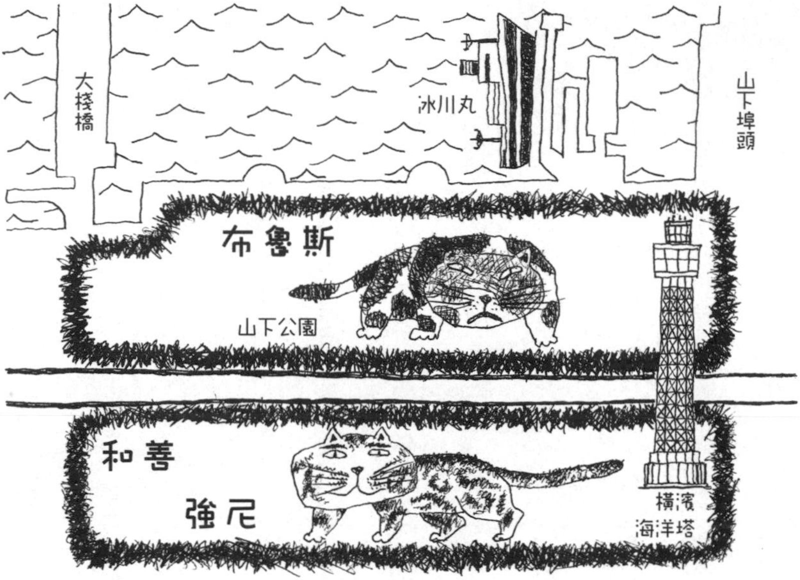

白雪公主也跟我一樣不解，於是問他：「你怎麼會知道我們的名字……」

和善強尼沒等白雪公主說完，就轉身往自己剛剛出現的角落走去，並且對我們說：「請跟我來。」

不一會兒，一隻棕色貓探出頭，向我們走過來。那應該就是之前出現在自動販賣機上的貓。更令我驚訝的是跟在他身後的那隻貓，我忍不住驚呼：

「櫻桃！」

無論是白底黑紋的雙色模樣，還是體型大小，我可以確定那隻一定是櫻桃。

白雪公主在一旁低聲的問：「那隻小貓就是櫻桃，對嗎？」

這一刻我才想起白雪公主從來沒見過櫻桃。

我們在大魔頭家開牛排派對時，櫻桃並不在場，後來櫻桃就失蹤了，她們兩個沒有見過面。當時跟可多樂他們在爭執該由誰去找櫻桃時，白雪公主還自信滿滿的說：「這件事就包在我白雪公主身上！」讓我忘了她根本沒見過櫻桃。

我看著白雪公主，她跟我說：「櫻桃長得真像爸爸。」事到如今她竟然還有心情品頭論足！

櫻桃跟著棕色貓走出來，來到我身邊對我說：「小魯叔叔也坐車來玩嗎？」接著她偷看一眼白雪公主，小聲的問我：「跟你一起來的是白雪公主嗎？」

我點點頭。「是啊！」

櫻桃低著頭對白雪公主說：「我叫櫻桃，我爸爸是米克斯，媽媽是小雪。您是白雪公主小姐，對吧？我媽媽跟我提起過您。」

看到櫻桃有禮貌的打招呼，我簡直不敢相信自己的眼睛。

和善強尼搖著長長的尾巴說：

「喔，櫻桃，你學會怎麼打招呼了。真是孺子可教，孺子可教啊！」

看來這一大串介紹詞都是和善強尼教她的。

接著，和善強尼對我們說明來龍去脈：

「三天前的早晨，我手下的青年剛好看到她從廂型車走下停車場，由於她還是一隻小貓，因此我的手下立刻將她帶在身邊，避免遇到危險。我的飼主在中華街從事貿易工作，他很喜歡貓。除了我之外，家裡還養了好幾隻貓。所以再加一隻貓，也不會造成太大問題。於是，我將她帶來我家照顧。後來，我手下的青年說，昨天在這一帶看到陌生的貓從香港飯店橫濱本店的廂型車下來，我將這件事告訴她，她就說可能是魯道夫叔叔來了，正因如此，我剛剛才會過來找你們。不過，我剛到的時候沒看到你們，還等了一會兒。後來看到你們跟布魯斯手下的青年一起回來，我想避免衝突，而且濱風在這裡遇見我，也會覺得尷尬，所以直到濱風走了，才走出來跟你們說話。」

聽完這一席話，白雪公主也謙遜有禮的回應：

「原來如此。櫻桃在此承蒙您的照顧，真的很謝謝您。」

和善強尼說：「這裡不好說話，到我家去慢慢說吧！現在正好是早餐時間，不知道是否合你們的胃口，不嫌棄的話，一起到家裡用餐吧？來，這邊請，歡迎，歡迎！」說完便帶頭往前走。

「去吧，一起去嘛！強尼先生家的早餐很好吃喔，還有燒賣可以吃！」櫻桃對我們說。

我不知道該怎麼辦，和善強尼回頭對我說：

「這家店的廂型車去工廠拿貨了，待會兒還會回來，在這裡卸下一大半的貨物之後，將剩下的貨載往分店。差不多還要一個小時，廂型車才會從這裡出發。這裡到我家，走路不到十分鐘，吃完早餐再回來時間還綽綽有餘，絕對趕得及。」

聽到和善強尼這麼說，白雪公主回頭跟我商量：「小魯，我們就去一趟吧！不要辜負別人的好意。」

白雪公主說完便往前走，櫻桃也跟著白雪公主一起走。

棕色貓走過來，對我說：「這邊請。」我也跟著他們走。

總之，能找到櫻桃真是太好了。放下心中大石後，我突然覺得好餓喔。

從海面吹來的風輕輕吹過我的耳朵，感覺好舒服！

23

終曲

找到櫻桃的那一天，我跟著和善強尼回到他家，悠閒的吃完早餐後，他還帶我到中華街參觀，吃了熱騰騰、剛蒸好的肉包。

當時我們經過蒸著肉包的肉包店，店員立刻叫住和善強尼。不過，我聽不懂他們在說什麼。聽不懂其實也沒關係，懂得和善強尼分給大家吃的肉包有多美味比較重要。這與上次我跟白雪公主撿來吃的包子味道截然不同，真的很好吃！唯一美中不足的地方，就是剛蒸好的肉包吃起來有點燙。

貓舌頭天生怕燙，我們也沒辦法。

第二天，也就是星期五早上，我搭乘香港飯店橫濱本店的白色輕型廂型車回去東京。

廂型車停在香港飯店橫濱本店的分店停車場，我從廂型車跳下來時，可多樂、米克斯、阿里與小雪早就在那裡等著了。

原來我們出發之後，他們每天早上都到停車場等我們回來。

他們發現只有我從車上跳下來，米克斯立刻問我：「小魯，怎麼只有你一個？櫻桃和白雪公主呢？」

「她們兩個還在橫濱，詳情我待會兒再告訴你們，先去大魔

麺

頭家吧！其實那邊的貓也要我留在橫濱，但我怕大家擔心，所以先回來了。」

其他人聽到我這麼說，不知該如何回應。

事情是這樣的，那天吃早餐時，櫻桃對我說：「我不想跟好運或餅乾一樣，被送到不是自己想去的地方。我想要自己決定住在哪裡，所以我才想學魯道夫叔叔，自己去旅行。和善強尼先生和其他的貓都對我好好，我想要一直住在這裡。我希望叔叔能幫我跟爸爸、媽媽傳達我的心聲。」

在一旁聽櫻桃說話的白雪公主也對我說：

「既然如此，我也留在這裡一段時間，幫櫻桃看看這裡是否適合她住。我看這樣吧，小魯，你就先回去，跟大家說明這次發生的事情。」

或許白雪公主是真的想幫櫻桃確認這裡的狀況，但我認為她想留在這裡的原因沒那麼單純。

從停車場走到和善強尼位於中華街的家途中，白雪公主不經意的說起摩天輪，和善強尼說：

「喔，你想坐摩天輪啊！人潮多的時候很難擠上去，不過，沒什麼遊客的時候倒是可以想想辦法。我的飼主跟遊樂園的高層交情很好，由於這層關係，我也跟負責管理摩天輪的工作人員成為好朋友。你要是跟我一起，一定可以坐的。人與人之間的關係很重要，貓與人之間的關係也不能小看喔！」

白雪公主立刻回應：「貓與貓的關係也同樣重要呢！」

和善強尼點點頭說：「當然！你說得對啊！」

白雪公主想暫時留在橫濱，一定跟這件事脫不了關係。

我們回到小川先生家的庭院後，我便跟大家詳細描述這一路發生的所有事情。

對於櫻桃的決定，米克斯說：「既然她有這樣的想法，我也沒辦法阻止她。」

小雪也點點頭同意。「就是說啊！」

「貓族天性樂觀，真羨慕啊……」大魔頭感嘆。

我想起櫻桃想對阿里說的話，於是我對阿里說：「對了，阿里。櫻桃要我對你說『謝謝阿里叔叔一直以來的照顧。』」

阿里不解的問我：「有嗎？我有照顧她嗎？」

「你在教他們寫字時，櫻桃假裝沒認真聽，其實她都有記在心裡。所以，她其實看得懂國字。為了測試她，我們出去散步時，還故意要她唸出車牌上的字，她也正確唸出來了。」我對阿里解釋。

「原來如此，唉……」阿里輕輕的嘆口氣。

可多樂抬頭望向秋季蔚藍的天空說：「就是因為看得懂字了，對自己有信心，才會想去遠方冒險。教養果然是最重要的事情啊！」

讀書會

魯道夫撿到了一本《口袋版諺語辭典》，
他很喜歡這本書，
不只經常翻看，還記住了好多諺語，
運用在日常對話中。
你也想像魯道夫一樣「出口成章」嗎？
一起來挑戰看看你記得哪幾句吧！

諺語大挑戰

你知道這些諺語是什麼意思嗎？請從下列 A 到 L 找出相配對的答案。

Q1：「從二樓點眼藥水」
Q2：「柳樹下不會常常有泥鰍」
Q3：「坐而言，不如起而行」
Q4：「不入虎穴，焉得虎子」
Q5：「不打不相識」
Q6：「不打不成器」
Q7：「問乃一時之恥，不問乃一生之恥」
Q8：「丈八燈臺，照遠不照近」
Q9：「窮則變，變則通」
Q10：「白檀幼苗即飄香」
Q11：「良藥苦口」
Q12：「你來我往，針鋒相對」

魯道夫說，仔細讀《魯道夫與白雪公主》這本書就會知道喔！

A　請教別人自己不懂的事情時覺得自己很丟臉，但如果不請教別人，讓自己處於無知的狀態，反而會造成一輩子的羞恥。

B　就算曾在柳樹下抓到泥鰍，也不代表隨時都能抓到泥鰍。比喻好事不會一再發生。

C　意思是吵架後關係反而更好。

D　意思是說站在二樓的人，不可能幫一樓的人點眼藥水。比喻遠水救不了近火，無法發揮作用。

E 許多英雄人物都是在年紀輕輕時出人頭地，就像檀木從發嫩芽時就飄香，小時候有不凡作為的人，長大都能成就一番事業。比喻英雄出少年。

F 意思是與其事前擔憂，不如實際去做，會發現事情比想像中簡單得多。

G 意思是真為小孩著想的話，千萬不能過度寵溺，讓小孩吃點苦才能成長。

H 意思是遇到困難一定能找到解決的方法。

I 意思是不進入老虎的巢穴之中，就抓不到老虎的小孩。換句話說，不冒險就得不到自己想要的東西。

J 意思是當對方說出挑釁的話，自己也不甘示弱回嘴，會爭吵不休。

K 這句話是說有效的藥都是苦的，用來比喻忠告聽起來雖然讓人很不舒服，卻對自己很有用。

L 意思是人不容易看清身邊的事情，用來形容當局者迷。

Q1 → D ／ Q2 → B ／ Q3 → F ／ Q4 → I
Q5 → C ／ Q6 → G ／ Q7 → A ／ Q8 → L
Q9 → H ／ Q10 → E ／ Q11 → K ／ Q12 → J

後記

齊藤　洋

一直以來，出版社總是接到許多讀者的詢問，想知道到底何時要出版《黑貓魯道夫》第四集，我真的受寵若驚。

但是也不能因為大家很想看，就由我來代筆，還是要由魯道夫來寫才行。

出版社編輯每次打電話來都問我：

「你就老實告訴我吧！真的是魯道夫沒有給你稿子嗎？該不會是你嫌重謄稿子很麻煩，

所以故意說沒收到吧？」

我真的不知該如何回答。

幸好，我終於在前一陣子，像前面幾次一樣，在玄關前發現一大疊紙。

於是我立刻著手重謄，交給了出版社編輯。

現在各位能看到這本書，我真的很開心。

有趣的是，在謄寫書稿的過程中，我發現自己的說話方式與文章寫法，好像越來越像魯道夫了呢……

樂讀456 100
黑貓魯道夫④

魯道夫與白雪公主

文｜齊藤 洋
圖｜杉浦範茂
譯｜游韻馨

責任編輯｜黃雅妮、李寧紜
特約編輯｜劉握瑜
封面及版型設計｜李潔、林子晴
電腦排版｜中原造像股份有限公司
行銷企劃｜陳佩宜、林思妤

天下雜誌群創辦人｜殷允芃
董事長兼執行長｜何琦瑜
媒體暨產品事業群
總經理｜游玉雪
副總經理｜林彥傑
總編輯｜林欣靜
行銷總監｜林育菁
主編｜李幼婷
版權主任｜何晨瑋、黃微真

出版者｜親子天下股份有限公司
地址｜台北市104建國北路一段96號4樓
電話｜(02)2509-2800 傳真｜(02)2509-2462
網址｜www.parenting.com.tw
讀者服務專線｜(02)2662-0332 週一～週五：09:00~17:30
傳真｜(02)2662-6048 客服信箱｜parenting@cw.com.tw
法律顧問｜台英國際商務法律事務所・羅明通律師
製版印刷｜中原造像股份有限公司
總經銷｜大和圖書有限公司 電話：(02)8990-2588

出版日期｜2016年9月第一版第一次印行
2023年8月第二版第一次印行
定 價｜350元
書 號｜BKKCJ100P
ISBN｜978-626-305-506-3(平裝)

訂購服務
親子天下Shopping｜shopping.parenting.com.tw
海外・大量訂購｜parenting@cw.com.tw
書香花園｜台北市建國北路二段6巷11號 電話(02)2506-1635
劃撥帳號｜50331356 親子天下股份有限公司

立即購買＞
有聲故事書

國家圖書館出版品預行編目資料

黑貓魯道夫. 4, 魯道夫與白雪公主 / 齊藤洋文 ; 杉浦範茂圖 ; 游韻馨譯. -- 第二版. -- 臺北市 : 親子天下股份有限公司, 2023.08
312面 ; 14.8×21公分. -- (樂讀456 ; 100)
ISBN 978-626-305-506-3(平裝)
861.596 112008145

ルドルフとスノーホワイト
《RUDORUFU TO SNOUHOWAITO》
©HIROSHI SAITÔ／HANMO SUGIURA,2012
All rights reserved.
Original Japanese edition published by KODANSHA LTD.
Complex Chinese publishing rights arranged with KODANSHA LTD.
through Future View Technology Ltd.
本書由日本講談社正式授權，版權所有，未經日本講談社書面同意，不得以任何方式作全面或局部翻印、仿製或轉載。

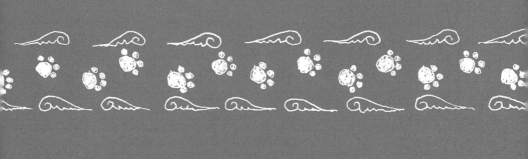